Shizuki & Reki
「雛供養」

必死に抵抗しようにも、手は縛られてもう自由にはならない。
すぐに志筑も裸になって、背後から僕はきつく抱きしめられていた。
「こんなのは十年も経って、お互いに飽き飽きした頃にやるもんだろ。
僕は…したくない。こんな遊びは、嫌だ」
「遊びじゃないんだ…分かって」
（本文P.199より）

Chara

雛供養

剛 しいら

キャラ文庫

この作品はフィクションです。
実在の人物・団体・事件などにはいっさい関係ありません。

目次

口絵・本文イラスト／須賀邦彦

空気が僅《わず》か甘くなった。春が近い証《あか》しだ。節分も過ぎて陽光は明るさを増し、木々の芽は小さいながらも勢いよく顔を出している。朝方には地面を持ち上げていた霜柱も綺麗に溶けて、土の上を歩いても靴底が汚れる心配はなかった。

駅前の和菓子屋で、彩りのいい生菓子と桜餅を買う。それを手に、僕は婚約者の家へと向かった。古くからある高級住宅地には、都心の外れとはいえ庭木のある邸宅が多い。甘い香りにふと顔を上げると、早咲きなのだろうか。真っ白な梅の花が、節くれだった枝木に似合わぬ瑞々《みずみず》しさで咲いていた。

婚約者の名は涌井日奈《わくいひな》。

二十四の僕よりも一つ年下だ。

彼女の家には何回か来たことがある。迷う心配はない筈《はず》なのに、どうやら僕は道を一本間違えたらしい。見たことのない公園に出てしまった。

子供の時、ここで日奈は遊んだりしたのだろうか。日曜のまだ早い午後の時間。公園に遊ぶ子供の姿は少ない。

見慣れない家々に戸惑いながら歩いていくと、車が一台、公園の脇に停車していた。窓が開いていて、ドライバーは車の側に立っている女性と何やら話し込んでいる。

「あれ…」

日奈に似ていると思ったら、まさに日奈だった。車の中にいるのは誰だろう。窓から手がだらんと下がっていて、そこには煙草がはさまれている。ごつい感じの手だから男だろう。せわしなく指が動いて、灰が落ちるのが見えた。

二人はかなり真剣な様子で話している。だが声までは聞こえてこない。声が聞こえる近さまで来た時、日奈はようやっと車のバックミラーに映し出された、僕の姿に気がついたようだ。

「どうしたの…。家はあっちの通りよ」

「一本曲がるとこを間違えたみたいだ」

日奈は車から離れた。すると車はエンジンをスタートさせ、僕の前から走り去る。

「知り合い？　悪かったね。話し中だったのに」

「…いいのよ。道を聞かれていただけ…」

日奈は自然な感じで、僕と連れ立って歩きだした。日奈の体からは、嗅《か》ぎ慣れない匂いがする。これは樟脳《しょうのう》だろう。古い書画のような匂いだ。細みの体にぴったり張りつくようなジーンズと、明るい色のふわふわしたニットを身につけた日奈には、その匂いは似合わない。

休日なので化粧もしていないが、日奈は変わらず美しかった。取引先の会社で初めて会った時、こんな美人にふさわしい男とは、どんな男なんだろうと思ったものだ。まさか自分にその役割が振り当てられるなんて、想像することもできなかった。

ゲームの関連グッズを企画するのが、僕の仕事だ。日奈はぬいぐるみや小物を作る会社の、新人デザイナーだった。新しいゲームのキャラクター人形を作るため、僕らは何度も打ち合わせで顔を合わせたのだが、先に食事に誘ったのは日奈の方からだった。

ちょっと信じられなかった。年も近いし、男らしいとはとても言えない僕だから、この人なら押し倒される心配はないと安心したのかもしれない。どうして僕なんかを誘ったのかは、今でも謎だ。

数回の食事のあとに飲みにいく話になり、さらに休日のデートに発展した。ゲーム関連のイベントに行ったり、新作のロードショーに行ったりと、普通の恋人同士がするようなデートを数回繰り返した後、いきなり彼女の家に招待された。

そして今日もまた、僕は招待されている。

「こんにちは…」

玄関脇の和室のガラス戸は、大きく開かれていた。チャイムを押さずに、そのまま門を開いて庭に入る。この家の年輪を感じさせる朽ちた色の縁側に、華やかな色の小物がずらりと並べられていた。

「虫干しですか」

「あら、靂《れき》さん。いらっしゃい。すいませんね。散らかしてるのよ」

まるで姉妹のように見える、日奈に似た母親が若やいだ笑顔で出迎える。

「今日は大安だから、御雛様、出そうと思って…」

そうか。この華やかな小物は、雛道具だったのか。姉妹のいない僕にとっては、見慣れない物ばかりだ。

「玄関からお入りになって。こっちはもう足の踏み場もないの」

「それじゃ…遠慮なく」

玄関も甘い花の匂いがする。花活《はないけ》に鮮やかなピンク色の桃と、可憐な菜の花が活けられていた。

ああ、そうなんだ。女の子のいる家では、こんな風に桃の節句を演出するものなんだな。

「駅前の『松月《しょうげつ》』で、甘い物買ってきましたよ。よければ」

和室の入り口に向かって声をかける。

「あら、靂くん。気が利くわね。お母さん。お茶にしましょうよ」

日奈は華やいだ声をあげると、キッチンへと入っていった。

初めて会った日奈の両親は、とても感じのいい人達だった。美人でスタイルも良く、新進のデザイナーとして十分に活躍している彼女が連れてきたのが、こんな男でも不満はなかったらしい。すぐに家族同様の扱いをしてくれるようになった。

この家で、僕を歓迎していないのは一人だけ。

日奈より二つ年下の弟で、大学生の志筑《しづき》だけだ。

「志筑くんは？　今日はいないの？」

キッチンでお茶の用意をしている、日奈の背中に向かって聞いてみる。

「あれぇ。さっきまでいたみたいだけど、出かけたのかな。玄関に靴なかった？」

「さぁ…」

玄関に大きな靴は出ていなかった。ということは、彼、志筑はいない。

僕はほっとする。

どうもあの男は苦手だ。

明るい家族の中、彼だけは寡黙で何を考えているのかよく分からない。一緒に食事をしていてもほとんど喋《しゃべ》らないし、僕が視線を外している時に限って、強い視線でじーっと僕を見つめたりする。歓迎されていないのは明らかだ。

普通は父親の方が、娘の連れてきた男に対して、恋敵に向けるような敵愾《てきがい》心を持つものなのではないだろうか。僕には女の兄弟はいないので、よく分からないけれど。

日奈の父親は、僕が三年前に父を亡くしていると話したら、それまでは兵頭《ひょうどう》君とどこか他人行儀に呼んでいたのを、靂君と言い改めた。そしてこれからは自分を本当の父親だと思い、こまったことがあったらなんでも相談しなさいなどと、とても優しいことを言ってくれた。

日奈の両親は、最初から僕を娘の婚約者だと認識していたようだ。知り合ってまだ三カ月。はっきり言ってセックスもしていないのに、いきなりそんな話になっていて、僕としてはとても驚いた。

プロポーズなんてしていない。

お約束の指輪もまだだ。

日奈は好きだけれど、結婚はまた別の問題だろう。お互いまだ若いんだし。そう躊躇《ちゅうちょ》しているうちに、話はいつか自然に結婚の方向に向かっていた。両親にしてみれば、娘がわざわざ自宅に連れてきて紹介するからには、それだけの気持ちがあると思ったのだろう。

逃げようと思えば、今ならまだ逃げられる。

だが逃げる必要もない。

彼女こそは僕の運命の相手なんだろう。

日奈はさっぱりとした性格で、はっきりと自分の意見を言える自立した女性だ。僕のような優柔不断な男が妻にするには、もっとも相応《ふさわ》しい女性だと思う。セックスしてから結婚を考える女性が多い中で、あえてそうしないのは、真面目そうな両親に育てられたせいだろう。そういう奥ゆかしさも、僕としては気に入っていた。

「あら…綺麗」

生菓子の箱を開いて、日奈はにこやかに笑う。

美しい日奈に、笑顔はとても似合う。

この先ずっと、日奈にこんな笑顔を浮かべさせることができるのだろうか。

不安だ。

その時玄関先で、バイクのエンジン音が響いた。どうやら問題の志筑が帰ってきたらしい。

「ただいま…」

キッチンの入り口に頭がつかえるくらい、現れた志筑は背が高い。就職戦線はまだ先だが、長めの髪も染めていないし、派手なアクセサリーで飾るようなこともしていなかった。なのに人目を引くのは、恵まれた容姿のせいだろう。

その顔は日奈に似ていなくもないが、やはり男の顔立ちだ。彫りが深く、高い鼻梁《びりょう》とそげた頰のせいで、整ってはいるが野性的な印象が強い。女顔の僕と比べると実に対照的で、志筑を見る度に僕は、男としてコンプレックスを感じてしまう。日奈には志筑のような男の方が、相応しいように思えてしまうから嫌なのだ。

それとも日奈は、こんな弟を持っているから、正反対のタイプの僕のような男に、惹《ひ》かれたのかもしれないのだが。

「お邪魔してます…」

軽く僕は会釈する。すると志筑は、僕がいたのなんかまるで気がつかなかったとでもいうように無視して、いきなり生菓子の一つをつまんで口にほうり込んだ。

「なんだ。甘いのか」

「当たり前じゃない。それ和菓子よ。何だと思ったの」

日奈は弟の無礼を叱るでもなく、僕のためにいれたお茶の横に、新たに志筑の茶碗《ちゃわん》を並べた。

「お母さん呼んで。お茶が入ったって」

「お袋ーっ。おちゃーっ」

志筑は低い声で叫ぶ。そしてお茶を一口啜《すす》ってから、お義母《かあ》さんと入れ違いにしてキッチンを出て行った。

残念だな。男ばかりの三人兄弟で末っ子の僕としては、弟ができるのを楽しみにしてたのに。どうやら志筑は、大切な姉を奪う憎いやつとしてしか、僕のことを認識するつもりはないらしい。

無理もないか。たかが三つしか年上じゃない、こんなひ弱そうな男を、義兄《にい》さんなんて呼び

たくはないんだろう。

夜にはもう、見事な雛壇ができあがっていた。雪洞《ぼんぼり》に灯を灯《とも》す。すると雪洞の中に隠された仕掛けがくるくると回りだし、赤や黄色の優しい光が白い和紙の中で踊りだす。

「へぇーっ。綺麗ですね」

こんな見事な雛壇なんて、デパートくらいでしか見たことがない。僕は緋毛氈《ひもうせん》の上に並んだ、雅《みやび》な人形を一つ、一つと眺めていく。

「日奈が産まれた時に、実家から贈られたものなのよ」

お義母さんはにこやかに笑う。

十畳の和室でも、雛壇を置くと急に狭く感じられる。そこに座卓を出して、豪華な夕食が並べられた。

「あと一カ月もしたら、片付けないといけないなんて寂しいわ。でも毎年それをきちんとやってたから、日奈もこんな優しいお婿さんを貰《もら》えたのよね」

配膳を整えながら、お義母さんが言った。

「…どういう意味ですか」

「御雛様を三月三日過ぎても出してると、娘が嫁に行き遅れるって、そういう話だよ。私はずっと出しとけって、女房に言ったんだけどね」

ゴルフ帰りのお義父《とう》さんが、ビールを空けながら上機嫌の口調で言った。

「ああ、そうなんですか。僕は男ばっかりで育ったもんですから、ちっとも知らなくって」

「そうでしょうね。鯉幟《こいのぼり》は飾ったの？　うちは両方で、大変だったわ。志筑は男のくせに、どうしても自分も御雛様がいいって言い張って。お節句に兜《かぶと》を出してあげるからって何度説明しても、おねえちゃんと一緒じゃないといやだって、そればっかり」

「御雛様の方が、豪華に見えますもんね」

「それだけじゃないのよ。いつでも日奈と同じ物を欲しがって。だから小さい時は、女の子のおもちゃばっかり持ってたわ」

「今の志筑くんからじゃ、想像できないですね」

相槌《あいづち》を打ちながら、僕はまだ空いたままの志筑の席を見る。どうせそこに座っても、話をするでもなく、ただ食事だけしてさっさとまた自室に戻ってしまうのだろう。

いやだな。

どうしてあいつの事を、僕は意識するんだろう。そんなに誰にでも好かれないと、結婚できないんだろうか。日奈が僕を好きで、両親も僕を気に入ってくれているのなら、それで十分だと思えないのだろうか。

学生時代だって、僕を嫌う人間はいた。会社だってそうだ。表面上はチームワーク良く仕事をこなしているけれど、裏では何を言われているか分からない。人間関係なんてそんなものだ。誰からも愛されるなんて幸福なやつは、そうそういるもんじゃない。

どうせ結婚したら、日奈はこの家を出るんだ。日奈は僕と暮らす。そうすればここには、たまに顔を出すだけ。志筑との縁も、そこで単なる親戚《しんせき》の一人に落ち着くのだ。

志筑だっていずれは結婚するだろう。自分にも真剣に付き合う恋人ができたら、少しはひと付き合いの方法も勉強するに違いない。日奈の話では、あんなにいい男なのに、どうやらまだ特定の彼女とかはいないらしい。

僕も十分に奥手だったから、そういう男の気持ちも分からないではないが、一度でも本気の恋をしたら、人間は成長できるはずだ。相手を思いやる気持ちがなければ、恋愛なんて長続きはしないんだから。

けれど日奈以上の女を見つけるのは、難しいだろうな。美しく優れた姉を持った弟の心理とは、どんなものなのだろう。年の離れた兄二人と、末っ子には甘い両親に育てられた僕には、分かろうと思っても所詮《しょせん》無理な話だった。

嫌われても仕方がないか。この家ではこれまで、志筑だけが自慢の息子だったんだろう。

すぐに主役の座は返してあげるよ。十月に結婚式を済ませたら、もうここにはたまにしか来ないんだから。

お義父さんはかなり酔っていた。それで僕と志筑が両脇を支えて、どうにか二階の寝室に運び上げた。

時間はかなり遅い。お義母さんは、下の和室を片付けるとそこに客用の布団を敷いて、どうしても泊まっていけと言ってきかなかった。

別に夜中に日奈の部屋に押しかけるつもりはない。いずれ日奈とはそうなるんだろうが、まさか彼女の家で初めて関係を結ぶ必要はないんだ。今夜は請われるままに、ただの客として宿泊することにする。

「パジャマのスペアがないのよ。お父さんの浴衣《ゆかた》で我慢して」

浴室に僕を案内しながら、日奈は明るい声で言う。

「下着は新しいから。志筑のだからちょっと大きいかもしれないけど」

未開封の下着のセットを差しだしながら、日奈はふわふわしたバスタオルを棚から取りだす。

「ごめんね。お父さんったら、酔うと子供みたいに駄々こねるの。こんな時間まで付き合わせて…」

「いいよ…。僕も楽しかったから」

自然な感じで僕は日奈を抱き寄せ、その唇にキスをした。

僕だって大人の男だ。日奈を抱きたい。

でも彼女はキスまでしか許さない。僕の部屋には絶対に来ないし、一泊以上の旅行に誘ってもついては来ない。飢えた男みたいに思われるのも嫌だから、紳士のふりをしているけれど、時々とても辛《つら》くなる。

「日奈…」

小ぶりだけど柔らかい日奈の胸。ふっくらとした頰。いい匂いのする髪。甘い唇。

五月に正式に結納を交わして、十月には結婚。新婚旅行はアメリカのテーマパーク巡り。楽しい計画はまだまだ先だ。

今、この瞬間がとても切ない。

「駄目よ、靂くん。ここじゃ…」

「わかってる…」

日奈を離す。

あくまでも僕は、優しい良い人でいつづけないといけないんだ。神と法律が、僕らの関係を正当なものだと認めるまでは。

「お風呂。使い方、分かるでしょ」

「ああ…」

「じゃあね。布団は敷いてあるから」

「うん…」

さっさと日奈は出ていってしまった。

「日奈。君には性欲はないのかな。僕だけかい。自分をもてあましてるのは」

誰も聞いていないと思って、低く呟《つぶや》く。そして馴染《なじ》みのない他人の家の風呂に入った。

他のことを考えよう。セックス以外のことを。例えば仕事とか。腹の立つ志筑の態度とか。そうすれば欲望は鎮まる。

ゲームキャラの携帯ストラップの次に、ヒット商品になりそうなのは何だ。そんなことをとりとめもなく考える。毎日使うようなもの。値段もそれほど高くなく、かさばらず、購買欲をそそるもの。

企画会議で爆弾発言ってやつをしてみたいな。みんなが注目して、そして、いいね、それ、兵頭くんのアイデア。いただきましょうかと、大騒ぎになるんだ。僕は仕事に追われ、キャリアを積み重ね、そして日奈に認められる。

優しいだけの男じゃないんだ。仕事もできるんだぜ。どう。満足。君の婚約者として、僕は合格かな。

酔っているんだろう。あまり飲めない酒を、お義父さんのペースに合わせて飲んでいたから。日奈も志筑も酒が強い。彼らは僕の何倍も飲んで、顔色一つ変えていない。酒も飲めないつまらない男とか、思ってないかな。

湯船の中でうとうとしかけていた。慌てて僕は立ち上がり、風呂を出る。勢いよく浴室のドアを開いたら、驚いたことにそこに志筑がいた。

「あっ…」

男同士だ。別に裸を見られたってどうってことはない。

なのにこの恥ずかしさは何だろう。

冬だっていうのに黒のランニングシャツ一枚と、パジャマの下だけを身につけた志筑の体が、僕の何倍も筋肉を蓄えた逞《たくま》しさに溢《あふ》れているせいだろうか。

「ごめん。ちょっと長風呂だったかな？　入るんだろう」

志筑は歯ブラシを咥《くわ》えて、無言で歯を磨いている。狭い脱衣所が、その大きな体のせいで余計に狭く感じられた。

「バスタオル…どこだっけ」

　さっき日奈が、確かに脱衣籠《かご》の中に入れておいてくれた筈のバスタオルがない。僕は髪も濡《ぬ》れたままの情けない格好で、無遠慮な志筑の視線に裸体を晒《さら》している。

「取ってくれないか?」

　志筑は無言のまま、棚を開いて新しいバスタオルを取り出した。そして僕に差しだす。

「ありがとう…」

「……」

　慌ててバスタオルを体に巻きつけた。見られて嬉《うれ》しいような裸じゃない。さっさと志筑の視線から隠してしまいたい。

　僕が慌ただしく着替えをしている間に、志筑は口を漱《ゆす》ぐと、続いて自分も脱ぎ出した。僕に見せつけるように、筋肉質の裸の上半身がランニングシャツの下から現れる。なぜか僕の顔は、酔いやのぼせではなく真っ赤になっていた。

　男の体だってセクシーだ。志筑は自分がセクシーだって知っているんだろう。長い腕や、薄く筋肉の層が浮き出た引き締まった腹は、僕にはない美しさに溢れている。女だったら、この体に一度は抱かれてみたいと思うだろう。

　志筑はまだじっと僕を見ている。

　何だよ。そんな貧弱な体で、日奈を抱こうとしてるのかと、冷笑されているようだ。僕は脅えた子犬のように、惨めな気分になっていた。

お義父さんの浴衣を体に巻きつける。太ったお義父さんと違って、痩《や》せた僕には大きすぎるのかうまく前が揃《そろ》わない。もたもたしていたらすっと志筑の手が伸びてきて、浴衣の前を持った。

「長い時は、こうやって合わせたら、確か少し折るんだ」

腹の部分を折って重ねるようにすると、なるほど浴衣は体にぴたっと張りついた。志筑は細い帯をさらにその上から、くるくると器用に巻きつける。

「ありがとう。詳しいんだね」

「お袋が、夏になると浴衣を着せたがるんでね。あんたのも作るって言い出すぜ」

志筑はやっと微笑《ほほえ》みらしきものを口の端に浮かべる。

ああ、それほど嫌われてたわけじゃないんだな。そう知って僕は少しほっとする。

「あんた…色、白いんだな」

「最近は海にも行ってないからね。夏の間もほとんどスーツだし…」

不必要なまでに媚《こ》びた笑顔を、僕は志筑に向けていた。

「君は…行った?　海とか」

パジャマのズボンを脱ぎだした志筑を前にして、他に言う言葉が見つからなかった。さっさと出ていけばいいんだろうが、せっかく志筑が話しかけてくれたのに、失礼な気がしたんだ。

「バイクで…九州まで行った」

「へぇー、すごいじゃないか。いいなぁ。そういうのは学生時代しかできないもんな。羨《うらや》ましいよ。楽しかった？」

「まぁね。楽しかったよ」

志筑の声は大分優しくなっている。どうやら僕に対して、悪い感情は持っていないらしい。何だ。変に意識し過ぎていたのは、僕の方だったんじゃないか。彼は人見知りが激しいだけなんだろう。男の兄弟もいないし。僕に慣れていなかっただけだ。

よかった。僕は救われた思いで脱衣所を後にした。


常夜灯の淡い光だけが、客用の和室を照らしている。日奈の家は特別広いわけでもないので、この部屋に寝かされるのは仕方がないのだろうが、御雛様と一緒というのがどうも落ち着かない。

彼らは物言わぬ人形だ。しかも装束は、現代の衣服とかなり異なった平安時代の物。顔立ちばかりがやけに人間らしくても、所詮作り物だ。そうは思っていても、十五人の物言わぬ瞳に見つめられながら眠るのは、変な気持ちだ。

僕が作っているゲームのキャラクターは、流行《はや》らなくなったら捨てられるような品物だ。この御雛様のように、何十年という間、持ち主の家で飾られるようなことはない。

女の子が誕生した時に贈られる御雛様には、その子の無事な成長を見届けるという意味あいもあるのだろう。だったら日奈は、これを僕との新婚所帯にも持って来るつもりだろうか。この御雛様を飾るには、それなりの部屋がないと。2DKのマンションなどでは辛いだろうな。

貴方達も日奈に捨てられるのは辛いだろう。日奈の幸福を見守るために、贈られてきたのだものね。だったら連れて行くべきだろうが、僕にはそれだけの甲斐性がない。

まいったな。結婚を前にしてのこういう落ち込んだ気分を何て言ったっけ。そうだ、確かマリッジブルー。僕は男のくせに、そいつに取り憑《つ》かれている。

襖《ふすま》がすーっと音もなく開いた。

夢と現実の狭間《はざま》の中でゆらゆらしていたから、ああこれも夢なのかなと思った。

襖が閉じられる。日奈だろうか。

日奈が…僕の部屋に…。さっきはあんなに、冷たい素振りだったのに…。

彼女も同じ思いなんだろうか。

僕と同じように、結婚を待つよりも、今すぐにそうなりたいと思ってくれたのだろうか。

布団がめくられた。すると冷たい外気が入ってきて、一気にこれが現実だと思いださせられた。夢はここまで細かく、寒さまで演出はしないだろう。

「日奈？」

横を向いていた体を上向かせ、日奈の顔を確かめようとした。だが思わぬ強さで抱きすくめられて、僕はうろたえた。

これは…日奈じゃない。この体の堅さは。

「あっ…！」

志筑だ。

どうして彼が、こんなところに。

「何？」

「大きな声を出さない方がいい。みんなが起きてくるから…」

低い囁《ささや》くような声で志筑は言う。

「何だよ…」

「日奈を…抱いたのか」

「どうして？　君に答える必要なんてないだろう」

僕の男としてのプライドは傷ついた。お前、まだあの女を完全に自分のものにしていないのかよと、あざ笑われたような気がしたのだ。

「そんなこと聞きにわざわざ…」

「やったのか？　正直に答えろよ」

志筑は僕の体の上に乗ると、両手を押さえ込んで怒った声で囁く。

「落ち着け。日奈は君にとって大切なねえさんだろうけど、もう子供じゃないんだ。結婚だってしたい年頃なんだよ。これからは僕が、彼女を大切に…」

「答えになってねぇよ」

志筑の顔が近づいてくる。僅か五センチも離れていない。その口からは微《かす》かに、さっき使っていた歯磨きの匂いがした。

負けるのは嫌だ。こんな風に脅かされて、二人の関係を告白するなんて、そんなのは嫌だ。けれど答えなかったら志筑は、ずっとこうして僕の両手を押さえたまま、上に乗っているつもりなのだろうか。

それも困る。

「やってない…。やってないよ。どうだ。満足したか。結婚まで、僕らは綺麗なままだ」

「そうか。まだ日奈とはやってないんだ。だったら俺の方が先だな」

先？　誰と先なんだ。まさか…志筑、日奈と…。

恐ろしい想像が脳裏を駆け巡った途端、いきなり僕の唇は志筑によって塞がれた。

「んーっ！　んっ、んっ」

僕は必死になって抵抗を試みる。まさか志筑とキスすることになるなんて、誰が思いつく。深夜に布団の中に入ってこられても、僕には志筑の目的がそこにあるとはとても信じられなかったのだ。

「落ち着け。落ち着けよっ。僕は君の、義兄《あに》になる人間なんだぞ。君の趣味は否定しないが、相手が違うっ」

「違わないさ。俺の方が、日奈よりもずっとあんたを好きなんだぜ。知らなかっただろう」

「嘘をつくなよっ。僕のことなんて嫌ってるくせにっ」

笑うつもりなんだ。僕が何もかも諦《あきら》めて、いいようにさせたその瞬間。志筑は電気を煌々《こうこう》とつけ、家族全員をこの部屋に呼びよせて、志筑にいいようにされた僕を笑うつもりなのに違いない。

そうはさせるもんかっ。

「やっ、やめろっ」

「日奈と結婚してもいい。でもあんたは…靂はもう俺の物だ。いいね…いいだろう」

甘い声で囁くと、志筑は片手で僕を抱きしめて、激しく唇を奪いながら浴衣の帯をほどきだす。

必死で抵抗はした。したが志筑の方がはるかに僕よりも力が強い。浴衣はほとんどはだけてしまって、裸同然になった体から、さらに帯と一緒に浴衣まで引き抜かれた。

「いっ、いやだっ」

「靂は俺を待ってた。そうだろ？」

「違う…待ってなんかっ」

志筑は帯を伸ばすと、上にあげさせた僕の両手にくるくると巻きつける。そしてあっと言う間に縛った。

「あっ、ほどけよっ」

「おとなしくするんならほどいてやる。でもほどいたら逃げるだろう」

「な、何をするつもりなんだっ、いったい」

「靂が俺にして欲しいと思ってること」

そう言うといきなり、志筑は僕の体に唇を押しつけ始めた。

優しいキスの雨だ。時々乳首が甘く吸われる。そして舌先が怪しく蠢《うごめ》く度に、僕の全身を悪寒が駆け抜けた。

「よせよ。声を出すぞ。そうしたらお義父さんが来る。いいのか。こんな場面を見られても」

「別に、いいさ。日奈にも見せつけてやるだけだ。靂が本当は誰のものか」

「冷静になれよっ。君みたいにいい男だったら、いくらでも相手はいるだろう」

「俺は冷静さ…。だから何カ月もこんなチャンスを待てた。靂は…叫ばない。黙ってれば、ずっとこのまま平和は続くんだ。あんただってその方がいいんだろ」

分からない。

どんどん混乱していく。

僕は日奈を…抱きたかったんだ。なのにどうして…視界の隅で、じっと僕を見つめる志筑を意識していたのか。

もしかしたら無意識のうちに、志筑の気持ちを分かっていたのじゃないか。僕は志筑の視線の中に、僕に向けられた欲望を嗅ぎつけて、こいつは苦手だと本能的に思ったんだろう。

怖かった。

今だから言える。

僕は志筑を心のどこかで恐れていたんだ。

「やめてくれ。頼むから。僕が気に入らないんなら、それはそれでいいよ。だからこんなことは今すぐにやめろっ！」

「気に入らないんじゃない。気に入ったから、やってるんじゃないか」

志筑の舌は、驚くほどいやらしく僕の体の上をさすらった。そして最後には、性器までも嬲《なぶ》ろうとする。

「頼むから…しないで…くれ。そんなことだけは…いやだっ」

「日奈だったらいいのか。日奈にだったら、こんなことされてもいいのかよ」

「…君は…日奈を好きなんだろう。だから、僕を…」

「日奈は好きだよ。だけど俺だって、日奈を抱くほど馬鹿じゃない。あいつは…俺と血の繋《つな》がった姉弟だ」

「だからって何も僕を…」

「勘違いするなよ。日奈は関係ない。俺が勝手に靨に惚れたんだ。日奈とまだ寝てないんなら、あんたには選ぶ自由がまだある。俺と…試してみようよ。可愛がってあげるからさ」

「三つも年下のくせにっ、何が可愛がるだ。いい加減にしろよっ」

ああ、けれど肉体は言葉を裏切る。

志筑の大きな口が、僕のものをすっぽりと咥えこんだ途端、思ってもいなかった反応が起こった。

「やめ…て…」

頭の中が真っ白になった。

確かにずっと誰ともやっていない。僕は日奈に操を立てて、彼女以外の誰ともセックスしないつもりで今日まで来た。そのせいで下半身は、誰にも触れられずずっと不満の状態だった。だからって志筑に、いくら舌使いが巧みだからって、こうまであっさりと興奮させられてしまっていいものなのだろうか。

「いや…だ」

口では必死に抵抗するふりだけしてももう無駄だ。下半身は正直に、男の欲望を露《あらわ》にしてしまっている。

「あっ」

志筑が好きなんじゃない。僕は欲望に負けたんだ。こんなことするのに、男も女もないじゃないか。志筑がたまたまうまかったせいで、僕は自分を見失ってるだけだ。

「あーっ、いっちゃ…うっ」

自制心はないのか。

耐えるってことはもうできないのか。

あっさりと僕は志筑の口の中に、自分の欲望を解放する。志筑はそんな行為にも慣れっこなのか、何のためらいもなく僕の喜びの印を飲み込んだ。

全身から力が抜ける。

僕は何て恥ずかしいやつなんだ。

志筑は日奈の弟なのに…。

志筑は今度は僕のあの部分を嘗《な》めている。そんなことしなくてもいい。そう声に出して抗議する元気も、もうなかった。

「霾は日奈よりも俺を好きになる。いや、好きにさせてみせるさ」

「どうして…僕なんかに…」

ふとお義母さんの言った言葉が蘇《よみがえ》った。

『子供の頃から、志筑は日奈の持ってるものを何でも欲しがって…』

僕もそうなのか。僕が日奈のものだから、欲しがっているだけなのか。

人間として、男として惹かれたというんなら、こんなことされても許せるかもしれない。だけれど日奈が愛したからという理由だけで、こんな屈辱を味わわされているのだとしたら。

「いっ…いたっいっ」

激痛が下半身を襲った。

僕のものよりも、はるかに大きいだろう志筑のものが、僕の中に差し込まれる。

「こんなこと…したかったのか。君は…僕を、そんな目で…」

「見てたよ。日奈が初めて写真を見せてくれた時から、いつか奪ってやるって思ってた」

「どうして…」

「理由なんているの。靂は日奈を最初に見てどう思った。こんなことしたいとか思ったんだろう」

ぐっと強く押し込まれた。僕は逃げようとする気力もなく、少しでも楽になろうと力を抜く。すると痛みは微かだが薄れ、激しく動く志筑をどうにか受け止めることができるようになった。

「男か女かなんてないんだ。そうだろ。好きになったら一緒さ…」

「何も…志筑とはまだ何も話してないのに」

「日奈の口から色々と聞いたよ。それだけで俺には、靂がどんな人間か分かる。いや…分かったんだ…」

そして志筑は、僕がこんなことをされて喜ぶ人間だと判断したのだ。とんでもない誤解だ。僕はこれを決して喜んでるわけじゃない。体が反応しただけだ。絶対にそうだ。

「靂…俺じゃないと駄目なくらいに、徹底的に可愛がってやるからな。だから…俺を…見て。日奈の弟としてじゃなく…ただの志筑を」

無理だ。そんなこと今からなんて、無理に決まっている。

だが志筑は、こうなってしまえばもうそれだけでうまくいくと思っているのか、僕の中に欲望を吐き出した後も、いつまでも僕を離そうとはしなかった。抱き締めてキスを続けながら、何度も同じ言葉を囁く。恥ずかしい位に甘い、愛の告白というやつを。

「手を…ほどいて…」

やっと僕はそれだけを伝える。

「嫌だ。靨が自分から、俺を欲しがるまでは」

「永久にないよ」

「どうかな。試してみようか」

それから何回も僕を抱いた後、ぼろぼろになった僕を一人残して、朝方、志筑はそっと部屋を出て行った。


誰も気がついていない。何もかも見ていたのは、十五人の物言わぬ人形だけだ。彼らは、彼らだけに通じる言葉で、僕のことをあざ笑っただろうか。

日奈を守ると言ったのに。幸せにすると誓ったのに、早速裏切っているんだ、あの男はと。

ほんの一時間ほど仮眠して、僕はすぐに起きだした。よれよれになったシーツには、志筑と僕の出したものが零《こぼ》れて、とんでもない染みになっている。僕は借りた浴衣と一緒にそれらを丸めて、脱衣所の洗濯機にほうり込み、勝手に洗濯してしまった。

「あら、霽さん。早いのね。あらあら、洗濯なんかしなくってもいいのよ。そんなこと気にしないでも」

「いえ…」

お義母さんの顔が、なぜかまともに見られない。変な想像をされたかもしれなかった。夜中に僕の寝室を訪れたのが、日奈だと思われているのなら、それはそれでありがたい。

「すぐご飯にしますからね。寒いんだから、もう少し寝ていてもよかったのに」

「いつも早起きですから…」

居間でお茶を飲みながら、早朝のニュースを見る。お馴染みのアナウンサー。火山の話題に株価の推移。世の中はいつもと何ら変わりない。

変わったのは、僕だ。

どんな顔をして日奈と志筑に会えばいい。

志筑は何回も僕を犯したが、僕もまた志筑によって何回もいかされた。どうして歯を食いしばって、自分の舌をかみ切ってでも抵抗しなかったんだ。

叫んでも良かったんだ。

大声で叫べば、きっと二階から誰かが降りてきただろう。それでこの家族との絆《きずな》が切れても、日奈はついて来てくれたかもしれないじゃないか。

なのに僕は日奈を裏切った。

志筑はこんな僕の性格を見抜いていたんだろう。絶対に僕は叫ばない。誰か助けてなんて言わない。日奈にも、二人の間に何があったか言わないと確信していて、僕を犯したんだ。

悔しいけれどその通りだ。

僕はお義母さんのいれてくれたお茶を飲みながら、もう何年もこの家に住んでるお婿さんみたいな顔をしている。昨夜、この家の息子が僕に何をしたのかなんて、まったく忘れてしまったかのように。

「あら。どうしたの、志筑。あんたも珍しく早いのね。午前中の講義?」

「ああ…」

志筑。

どっくん、どっくんと心臓が高鳴りだす。

薄暗い部屋だったけれど、あいつがどんな顔で僕を抱いていたか、しっかりと記憶に刻まれている。僕には初めて見せる切ない顔をして、好きだと口走りながら僕の中で果てた。

コーヒーの入ったマグカップを手に、志筑は居間に入ってくる。そしてソファに座ってる僕の横に、何げなく並んで座った。

「何かおもしろいニュースあった?」

「いや…。首相がまたとんでもない発言をしたのと、火山の話題だけ…」

僕らの会話を聞いただけなら、お義母さんは何も思わないだろう。婿になる男と息子が、打ちとけてニュースを見ていると、ただ微笑ましく思うだけだ。

けれど今、志筑の手は僕の膝の上に置かれている。嫌らしく太ももをさすっているのだ。

「初回から張りきりすぎたかな。靂。辛いだろ」

耳元に口を寄せて、志筑は甘い声で囁いた。

「思った通り…いい感じだった。部屋に帰っても眠れなかったよ。靂を抱いたまま眠りたかったな。俺…まだしたりないんだけど」

「いい加減にしろよ…」

「どうして。靂も最後の方はかなり積極的だったじゃないか。よかったんだろ?」

違う。そんな筈はない。

僕は震えだす。

志筑が怖い。

また思い出す。三度目に口に含まれた時、僕はあまりのよさについ自分から腰を振って悶《もだ》えてみせたのだ。その瞬間、志筑は戒めを解いてくれた。僕が自分から求めたと解釈されたのだろう。

志筑の思ったままに繰られている。いいのか。僕にはもう男としてのプライドはないのか。

「だいじょうぶだよ。日奈には絶対に言わないから。気づかせるようなへまもしない。俺は…そういうとこずるいから」

「僕が言うとは思わないんだ」

「言ってもいい。それで日奈に嫌われちまえよ。そうしたらもう俺だけのもんだ。何も問題はない」

「あるさ。僕の気持ちは…」

志筑は声を殺して笑いだした。

「何で笑うんだよっ」

「靂。あんたあんまり自分に嘘をつかない方がいいよ。俺からみたら、靂がしてることは全部嘘くさい。普通にいい人してるけどさ。本当は靂も俺と同じ種類の人間なんじゃないの。昨夜のあんた…可愛かった。必死で耐えようとしてるけど、どんどん体が正直になっちまって。抱くより抱かれる方が向いてるよ」

「嘘だっ！」

そんなことあるもんか。

僕は日奈を…愛してるんだ。誰よりも。

「仲良くしようよ。靂。突っ張ってるあんたも可愛いけど、素直になった靂は、俺、もろツボなんだよね。歳だってさ。そんなに違うわけじゃないし、俺にリードされてるのは、経験値の違いってとこで諦めなよ」

「黙れよっ。聞こえる…」

志筑はこんなに喋るやつだったのか。これまでの沈黙は、僕にこんな正体を気づかせないためだったのだろうか。家族は誰も、志筑の実態を知らない。それとも知っていて、気づかないふりをしているかだが。

「あら珍しい。志筑が靂くんに懐いてるじゃない」

日奈が突然現れた。僕は膝に置かれていた志筑の手を、見られたのではないかと脅える。だが日奈は気づかなかったのだろう。窓を開いて冷たい外気を部屋に入れている。

「ああいい天気。二月だって言うのに、雪、ちっとも降らないわねぇ」

思いっきり伸びをしている日奈の、綺麗な胸のラインが眩しい。あれを見て発情しろ。男なら…志筑の荒々しい手や、分厚い胸板に惑わされていては駄目なんだ。

「日奈…」

僕の声に日奈はゆっくりと振り返る。その横顔に朝日が当たり、西洋の宗教画に描かれたマリアのような、荘厳な美しさを浮かび上がらせた。

「なあに、靂くん」

「いや…。いい企画がちょっとね。浮かんだものだから」

「どんな企画」

「季節ごとに、コスチュームを変えた人形を、定期的にと…」

「そんなのもうどこでもやってるじゃない」

「そうなんだけど…」

そんな話をしたかったわけじゃない。

なのに言葉は出なかった。

弟に犯された僕を、君は愛せる?

そう尋ねてみたかったのに。


甘い夜の夢を話そう。

好きになった男を抱いて見た夢の話だ。

あれはまだ俺が小学校にも行かない、小さな子供だった時のことだ。今日と同じように、お袋は御雛様を出していた。その横でじっと見ていた俺は、お袋の袖を引いて叫んだんだ。

『僕にも御雛様、出して。僕の御雛様』

お袋は困った顔をして言った。

『あれはね。女の子専用なのよ。志筑には鯉幟があるでしょう』

『やだーっ、御雛様。御雛様出してーっ。男の子用の御雛様、出して』

『男の子用っていうのはないの。もう、困った子ね』

そうなんだ。日本中どこを捜したって、男の子用の御雛様なんてあるわけない。なのに俺は夢の中で見つける。男しか並んでいない不思議な雛壇を。

そんなに長い時間、眠っていたわけじゃない。ほんの三十分かな。悲しいことに夜明けがやってきて、俺は抱いていた霳を離して自分の部屋に戻ったから。

本当はもっと抱いていたかった。ここがホテルか霳の部屋だったら、あのままずっと一緒にいられたのに。残念だったな。

霳を抱いた。ついに手に入れたんだ。

うまくいったよな。それとも嫌われたんだろうか。いや、嫌われてはいない。それは確信できる。だってさ、男の体は正直だぜ。嫌なのに三回もいくもんか。

見ろよ。今だって、普通の顔して日奈と話してる。俺にされたことが本当に嫌だったら、とうに逃げ出してるだろう。

「靂くん、今日は何時までに出社？」

日奈が聞いている。靂はじっと日奈を見ながら答えた。

「うちの会社フレックス制だからね。午前中は自由なんだ」

「ちょっと早いかもしれないけど、一緒に出る？」

「ああ…そうだな」

靂はほっとしたように笑った。

ふーん。日奈には笑いかけるんだ。俺には怒ったような顔か、おどおどした顔しか見せないくせに。まぁ、いいけどね。今に毎日笑顔ばっかり見られるようにするさ。

「志筑は？　午前中講義なの」

「ん、いや。朝飯喰《く》ったら、もうちょっとゆっくりしてから出かける」

講義までまだ時間はあるけどさ。靂の顔見ないでいられないだろう。あの後、少しは寝たのかな。いきなりで飛ばしすぎたかなって、俺なりに反省してるんだ。

「ねぇ、日奈。マグネット式の御雛様はどうだろう。可愛いキャラクターの御雛様にマグネットをつけて、ボードに貼《は》りつけるようなのは。場所取らなくていいと思うんだけど」

二人はおもちゃ屋だ。日奈はぬいぐるみのデザインをしていて、靂はゲームキャラのおもちゃを作っている。仕事先で知り合った二人は、共通の話題を持っている。それが俺には羨ましい。

俺との秘密を持ったっていうのに、靂は仕事の話を日奈とするんだ。横にいる俺の気持ちなんか無視して。

俺は聞きたいんだ。あれからどうしてた。一人になって少しは俺の気持ち、分かってくれたかって。

無理矢理やっちまったけど、いい加減な気持ちからじゃないんだよ。マジで俺、靂が好きなんだ。なのにどうして俺を見ないんだろう。

こんなに近くに、俺はいるのに…。

靂の手を握ろうとした。すると巧みに手はすっと引き抜かれた。

無視かよ。そうか、まだ日奈の前では、婚約者の顔を崩さないつもりなんだ。

靂は大人だもんな。心の中がどんなに波立っていても、表面上は波一つない水面みたいにしていられるんだ。そういうところはずるいって思えるけれど、俺にはまだ理解できない大人の判断ってやつなんだろう。

でもまったく無視されるのは腹が立つ。嫌悪感を向けられたら、もっと辛いだろうが、何を考えてるのか分からないだけ余計に不安だ。

食事の後、二人は仲良く出かけてしまった。靂は俺にまともな挨拶《あいさつ》もしない。ただ普通の来客がするように、お世話になりましたと玄関で言っただけだ。

二日酔いの親父が起きだしてきて、二人がもう出かけたと聞いて文句を言っている。お袋のあんなに飲むからと、親父を叱る声が聞こえた。俺は下の和室に寝ころび、昨夜起こったすべてを見ていた御雛様を見上げていた。

男雛《おびな》。どこか靂に似ている。

綺麗なのに表情が冷たい。

ねぇ、あんたら寂しくないの。一年にほんの数日しか外に出られないのにさ。仲良く並んで座ってるだけなんだぜ。向かい合ってお互いを見るってことはしないのかな。せめて手を繋ぐとかさ、もっと近くにいたいとか思わないの。

俺だったらそんな関係はいやだけどね。

好きだったら触りたい。自分をちゃんと見て欲しい。優しい言葉もかけて欲しいし、愛してるって言われたあとにキスされたい。

抱いたら喜んで欲しい。笑いかけたら笑って欲しい。

そして俺の名前を呼んで、次に会うのはいつか約束して欲しいんだよ。

分かってるさ。嫌がるのを無理矢理抱いたんだ。男としてのプライドが傷ついたんだろう。甘い顔を俺に見せたくない気持ちも分かるけどね。

だけど待てなかったんだ。あんなチャンスは滅多にない。指を咥えてぐずぐずしてたら、日奈から奪い取るなんてできなくなる。

抱かれて喜んだのは体だけなのか。

あんなに甘い息を吐いてたのに、俺には興味ないままなのか。そこを聞きたかったのに、どうして無視するんだよ。

この家には家族がいるから駄目なのか。日奈の前ではあくまでもいい人でいつづけたいのかよ。やっぱり俺よりも日奈を選ぶつもりで、あんなに冷たい態度のままなのか。

靂の本心が知りたい。

俺にはもうチャンスは残されていないんだろうか。

いつの間にか泣いていた。

もうこの部屋に靂はいない。どこを捜しても、靂の気配すら残ってはいなかった。


初めて靂のことを知ったのは、日奈が見せてくれた一枚の写真だった。あの日、日奈はゲームショーか何かに出かけた帰りで、ゲーム会社のロゴが入った袋をぶらさげて、疲れた様子で帰ってきた。

居間のソファに座り、お袋に紅茶いれてーと叫んでいる日奈の横で、俺は何気なく新作ゲームのパンフレットを見ていた。

「ねぇ、志筑。今日、本当はデートだったの」

日奈はバッグを開いて、中に入っているものを取りだしながら言いだした。

「ふーん…男、できたんだ」

「デートしただけよ。仕事先で知り合った人。兵頭霳くん」

小型のデジカメを操作して、日奈は一枚のショットを小さな画面に呼びだす。

「ほら…優しそうな人でしょ」

「ん…」

静かに微笑む霳一人のショットだった。確かに優しそうな男だなと思った。とても綺麗な顔立ちをしている。どう言ったらいいのかな。女みたいな顔なんだけど、おかまみたいなのと違ってどこか気品があるんだ。そうだな、御雛様みたいって言ったらおかしいだろうか。

「あたしより一つ上。ゲームキャラのおもちゃのプランナー。美大のデザイン科卒業して、あたし達の業界じゃ結構大手のところでやってるのよ」

聞いてもいないのに、日奈は勝手に霳のことを話しだす。日奈が自分から男のことを話すなんて珍しかったから、俺は黙って聞いていた。

「男三人兄弟の末っ子なんですって。お父さんはもう亡くなっていて、お母さんは一番上のお兄さんと同居してて」

「何だよ、日奈。相手の家族まで話すなんて、そいつと結婚でもするつもりなの」

思わず俺は言ってしまった。

どう見ても日奈のタイプじゃないと思える。日奈はどっちかって言うと、男くさいやつが好きなんだとずっと思っていた。これまで家族に正式に紹介した男はいないけど、家まで送ってきた時とか、偶然デート現場を目撃したりして日奈が付き合っていた男達のことは知っていた。

まぁあの男達に比べたら、結婚相手としてはずっといいように思えるけど。

「どう思う？」

日奈は続けて何枚もの靂のショットを見せた。

「どう思うって言われてもな。俺が結婚するわけじゃないんだし」

「そうね…。優しくて、仕事もちゃんとできて、年の割には大人だし、顔だってこんなに綺麗。あたしなんかにはもったいない相手だわ」

「そんなことないだろう。日奈だって、いい女だぜ。仕事もばりばりやってるし、いいんじゃない。お似合いだよ」

そう口では理解ある弟のふりをしてみせた。けれど内心は穏やかではいられなかった。

靂の写真から目が離せない。

優しそうな大人の男。知的なのに生意気そうじゃないところがいい。デザイン関係の仕事しているせいかな。センスとかもよさそうだ。きっと色々なことを知ってるんだろうな。俺がまだ知らないような事、聞いたら優しく教えてくれるだろうか。

日奈と結婚したら義兄になるのか。俺には姉弟は日奈しかいない。日奈はどっちかっていうと、姉っていうより女友達みたいで、何でも話せる相手なんだが。

「今度、連れてきちゃおっかな。お父さん、怒るかな」

「何で、親父のこと気にすんだよ。心配いらないって。こいつだったら、親父も許すだろ」

そうだ。親父もお袋も、靂なら気に入るだろう。自分の身内のことを褒めるのも変だけど、日奈はいい女だと思う。その日奈と並んでも、靂はとてもお似合いに思えた。

二人が並んだら、きっと御雛様みたいに見えるんだろうな。似合いの夫婦ってやつか。弟としては喜ぶべきなんだろうが、どうしても素直に喜べなかった。

それからしばらくして、ついに日奈は靂を家に招待した。初めて本物の靂を見た時、俺はどうしても笑顔になれなかった。

なぜって辛すぎたからさ。

悪い癖なんだ。

日奈の物だって分かっていても、欲しくなることがある。

ずっと昔っからだ。おもちゃでも、ペットでも、日奈のために用意された物と同じ物がなぜか欲しくなるんだ。

考えろよ、もういい大人なんだから。そう自分に何度も言い聞かせる。あれは日奈の男なんだ。俺のために用意された男じゃない。普通の男だったら、俺なんかを選ばない。日奈を選ぶに決まってるだろう。

ふられて傷つくのは俺だ。いや、俺だけじゃない。日奈も傷つけることになる。

そう思って何度も諦めようとしたんだ。

靂が来る度に、俺は不機嫌を装った。いや、装ったんじゃなく、本当に不機嫌だったんだ。二人が仲良くしているのを見れば見るほど辛くなる。靂が日奈に優しくすればするほど、笑いかければ笑いかけるだけ、俺の心は引き裂かれそうになった。

靂が欲しい。体も心も、笑顔も何もかも日奈から奪いたい。

俺の苦しみに気づかないのか、日奈はまた靂を家に招待して、さらにお袋と二人して今夜は泊まっていけと言いだした。よせよ、親父もお袋もいるんだぜ。そんな家の中で、俺もいる家の中でやりたいのかよ。

　苦しむ俺に日奈はさりげなく告げる。

「靂くんってとっても紳士なの。あたしをベッドに無理矢理誘ったりしないのよ」

　初めて靂が俺達の家に泊まった夜だというのに、俺の部屋に来てどうしてそんな話を日奈はいきなりしたんだろう。

「珍しいでしょ。男って普通はしたいものじゃないの」

「…なんだよ。日奈は押し倒されたいのか」

「どうなのかしら。あたしの魅力が足りないのかなぁ。それとも…本当は女性が苦手な人だったりして」

　そう言って日奈が微笑まなかったら、俺だってあんな馬鹿なこと考えたりしなかったさ。

　頭の中では、靂をすでに何度も犯していた。俺のイメージする靂は、決して俺を拒まない。最初は抵抗するものの、すぐに俺に体を開いて受け入れてくれるんだ。そこまではうまく想像できても、その後はまったく分からない。

　抱かれた後、靂がどうするか不安だった。

　これまでそういう関係になった男達からは、絶賛とまではいかなくても嫌がられたことはない。みな満足して俺と次回の約束をしたがった。

靂もそうなるかな。なるだろうか。

自分の想いに囚われている俺の横に座り、日奈は俺の髪を指先に絡めて遊んでいた。

「ねぇ、どう思う？　ああいう綺麗な男の人って、女性をどう捉《とら》えてるのかしら。優しいって言えば優しいんだけど、何だか人形扱いされてるような気がするの」

「まじめなんだろ。たまにはそういうやつもいるよ。これまで変な男としか付き合ったことないから、そう思うんだろ」

日奈に優しい声をかけながら、俺は心の中で裏切りを計画していた。

悪いけどさ、日奈。先に靂を貰っちまっていいかな。弟の俺から見ても魅力的な日奈に手も出さないなんて、俺にもチャンスはまだまだあるような気がするんだ。

「いいの、日奈。カレシをほっといて俺の部屋に来てて」

「靂くん、お風呂入ってるの。まだそういう関係じゃないのに、覗《のぞ》いたりしたら失礼よ。あたし、もう寝るわ。明日は仕事だし…」

そのまま日奈は自分の部屋に消えた。

日奈。俺に優しくなんてしない方がいいよ。俺がこれからどうするか知ったら、そんなに優しくなんて笑っていられないだろう。

大切な婚約者…なんだよな。でもさ、日奈にはまだチャンスがある。もっと自分に相応しい男を見つけるチャンスがあるさ。俺にはね、今しかないような気がするんだ。いないんだよ、どこにも。靂みたいな男はいない。あいつを手に入れたら、俺は幸せになれそうな気がするんだ。間違ってるかな。これは俺だけが抱いてる幻想なんだろうか。抱いてみたい。靂を抱いて、もし喜んだら…靂が俺を求めたら…うまくいきそうな気がするんだけれど…どうだろう。

悩んだり、考えたりするのはあまり得意じゃない。思ったままに行動する方がずっと俺らしい。そうだ、やっちまえ。抱いて、既成事実ってやつを作ってしまうんだ。

日奈よりも先に。

階下に降りていった俺は、靂の裸を盗み見た。その途端、理性は完全に吹っ飛んだ。真っ白な綺麗な体。あんなもの日奈には似合わない。俺のためにあるような体だ。あの白い肌に、赤い吸った後の印をつけたい。目と手と口と舌、そして俺のもので嬲って、いじめて泣かせてみたいんだ。

男が欲望に取り憑かれたら、冷静でなんていられない。自分の体で分かっているだけに、靂がどうして日奈を抱かずにいられるのかよく分からなかった。もし誰もまだ知らない答えがあるとしたら、自分でも気がつかないだけで、靂も俺のような男を本当はずっと前から待っていたんじゃないだろうか。

深夜、みんなが寝静まるのを待った。

靂はきっと叫ばない。そんな気がしていたから、大胆に俺は靂の寝ている部屋に忍び込み、そして…ついに手に入れたんだ。

嘘つきな靂。

体はあんなに正直に喜んでいたのに、朝になったら俺を無視するなんて。

俺から逃げるつもりなんだろうか。そんなことさせない。もう誰にも触れさせるもんか。

あいつは俺のものなんだから。


仕事をしよう。そうして何もかも忘れる。あの家にはもう二度と行かない。行ったとしても、泊まることはもうしない。今度こそ日奈を、そうだ、都内の高級ホテルに誘おう。食事だと言えばいい。そのまま予約した部屋に連れ込んで、何が何でも抱いてしまうんだ。

僕は一日、新製品の企画書に追われた。お手軽行事セットと適当に名づけて、ゲームキャラの雛壇セットとか、キャラクターの鯉幟、てるてる坊主制作キットとか、もうわけの分からない企画を山ほど作り上げる。ともかく何かに集中して、あの激しかった夜を忘れてしまいたかった。

九時近くまで会社にいた。さすがに疲れてしまって、もう何も浮かんではこない。デスクを整理して、まだ急ぎの仕事に追われている連中に、じゃあなと声をかけて会社を出る。暖かい社内から一歩でも外に出ると、やはり冬の戸外は寒い。風はまだまだ冷たく、耳や頬が痛かった。ヒーターのタイマーをセットしていなかったな。寒い部屋に帰るのか。暖まる頃には、眠ってしまうかもしれない。

電車に乗るのは僅かなので、暖まる暇もない。また寒い道を歩いて、ようやっと自宅のアパートに帰りつく。

あれ…。電気。つけっ放しだったんだ。昨日の朝、日奈の家に行くために家を出てから、ずっとそのまま無人の家に明かりは灯っていたんだろう。まぁ誰もいなくても、暗い家に帰るよりは気分的にはいいもんだな。

鍵《かぎ》を取り出す。そして鍵穴に差し込もうとしておかしいと気がついた。どうしたことか鍵が入らない。まさかと思ってノブを回してみると苦もなくドアは開いた。

「えっ…」

一瞬泥棒かと思った。盗まれてこまるようなものは、銀行の通帳。それにパソコンと仕事でどうしても必要なゲームの機械。それだけだが…。

玄関に入ると、見慣れない靴がある。僕のサイズより二センチ以上大きな靴。こんな靴を履くやつは。

「お帰り。遅いんだな。いつもこうなの」

部屋は暖かかった。ファンヒーターはもう何時間も前から仕事をしているんだろう。暖かすぎるくらいだ。

その部屋で志筑は、テーブルの上に本を広げて読んでいた。缶ビールの空いたのが二つ。どこから見つけだしたのか、来客用の灰皿には、吸い殻がもう何本もたまっている。

「どうやって入ったんだ」

「鍵。気がついただろう。昨日すり替えたんだ。それ、俺の家の鍵」

入社して自分で初めて製作したキーホルダー。そこにぶら下がっている鍵をもう一度確認する。確かに、似てるけどこれは僕の鍵じゃない。

「冷蔵庫、何にも入ってないのな。俺、コンビニで買ってきたから、何か食う」

「志筑…家に帰れよ」

「どうして?　いいじゃないか、別に。日奈は絶対にここには来ないんだろ」

何でそんなことまで志筑が知ってるんだ。日奈は僕の知らないところで、僕の不甲斐なさを弟に告げているのだろうか。

「こっち来いよ。それとも俺がお帰りのキスをしに行かないと駄目?」

「ふざけるなよ」

もうくたくただ。昨夜もほとんど寝ていない。疲れて家に帰れば…どうしているのが志筑なんだろう。

「風呂、沸いてるよ。綺麗になったら…また可愛がってやるからな」

志筑の声は笑っている。殴ってやろうかと思ったが、僕よりはるかに大きい志筑を殴る勇気なんて僕にはない。

「家には何て言って来たんだ」

「何も。もうガキじゃないぜ。無断外泊なんていつものことさ。ああそうだ。靂。スペアキー、作ったから」

志筑は僕のキーを投げてよこす。

「スペアキーって、まさかここにずっといるつもりなのか」

「いいだろう?　ここからの方が大学近いし。食費は半分もつよ。俺、結構食うからな」

「僕は認めてないよ」

「駄目でもいるぜ。靂が浮気しないように、毎日、徹底的に抱いてやるからな」

平然と志筑は言い放った。

何て勝手なやつなんだ。

「僕に迷惑だとか思わないのか」

「迷惑はかけないようにするよ。掃除も洗濯も手伝う。料理はあんまりうまくないけど、買い物とかならしてやれるし」

「そういう問題じゃない」

「お互いを知るにはさ、一緒に暮らすのが一番じゃないの。結婚って、つまりそういうことだろ。靂が日奈と結婚したがってるのと同じでさ。俺は靂をもっと知りたいし、俺のことも知って欲しいんだよ」

元気があればな、反論をばしばし言ってやるんだが。今夜はもう、今にも倒れそうだ。

「いいか。今夜は泊めてやるけど、明日からは家に帰るんだ。分かったな」

精一杯、年上らしく言ってみた。だが志筑は今夜の許可が下りたと知っただけで、子供のような笑顔を浮かべてみせる。

コートを脱ぐ。上着も脱いだ。悔しいけど、暖かい部屋や風呂は確かに嬉しい。大学時代からの一人暮らしももう六年。家で誰かが待ってるなんて、初めてのことだった。

これが日奈だったらいいのに。

いや、結婚したら毎日、日奈がここにいるんだ。そうだ。式を急ごう。まさか志筑だって、日奈がいる家には来ないだろう。それがいい。それが…一番いいんだ。

実家にいる母と兄に頼んで、結婚資金を少し借りよう。そしてこの部屋を出て、もう少し広い部屋に住む。日奈のための仕事場を確保してやりたいし、あまり惨めな思いをさせたくもない。

日奈。日奈…。頼むから、僕に愛を思い出させて。志筑を追い払えない、優柔不断な僕を叱ってくれよ。

そういえば昨日も、風呂に入っていたら志筑が来たんだ。あれは僕を狙《ねら》って…待ち構えていたんだろうか。僕の裸が、果たして自分の好みかどうか確認するために。

まさか…。でもありうるな。

湯に浸かりながら、顔も湯の中に突っ込んだ。息を止めると、溺死《できし》した気分になる。

朝、日奈と何を話したっけ。思い出せない。僅か十数時間前のことなのに、どうして思い出せないんだ。そういえば日奈は何を着ていただろう。セーター。それともトレーナー。ブラウスだったたか。

嫌だ…。

志筑が僕に囁いた言葉の一つ、一つを思い出してしまう。耳元で甘い声で囁かれる愛の言葉。強い愛撫。体を裂かれるような痛み。

少し長めで真っ黒な志筑の髪。短い爪。そして精液のむせかえるような匂い。

忘れたいものしか覚えていない。

僕は…変だ。

息が苦しくなった。死にたくはないらしいので顔を上げる。見慣れた自宅の浴室の風景。すぐに湯が冷めてしまう小さなユニットバスに、体を折るようにして入っている。

ここを出たら…志筑がいる。また僕を抱こうと、待ち構えているんだ。

どうして逃げない。ドアから逃げ出せばいいじゃないか。どこかのホテルに泊まってもいい。どうせ会社には誰かが徹夜で仕事している。そこに交ざって朝を迎えてもいい。

なのに僕は、逃げようともしていない。

のろのろと浴槽から立ち上がった。体から水滴を滴らせたまま、浴室を出る。するとそこに志筑が立っていた。

いきなり抱きしめられる。そして唇を重ねられた。ほんの僅か僕は抵抗をするふりをする。分厚い志筑の胸を叩き、押しのけようと悶えた。

「くたくたなんだ」

ようやっとそれだけを口にする。

「分かったよ。昨日みたいな無茶はしないから。躯を抱いて寝るだけでもいいんだ。ずっと触れていたいだけだから…」

口ではそう言いながら、志筑の体の中心は、もう熱くなって盛り上がっている。

また…されるんだ、昨夜みたいに。

この体に、痛みと快感の繰り返しが与えられて、僕は自分を見失うだろう。誰を本当は愛してるのか、分からなくなるくらいに。

「ベッドに…行こう」

志筑は僕を軽々と抱え上げた。そしてベッドの上に、僕をほうり投げる。ぎしっとベッドが軋《きし》む。安物のベッドでは、男二人を支えるのが難しいらしい。

「靂。もう日奈と寝るのは諦めろよ。あんたの体、キスマークだらけだぜ。これは絶対に消えない。消えそうになったら、俺が後からどんどん新しいのをつけていくから」

「あっ…」

真っ白な裸の薄い胸に、鮮やかな染みができていた。いつの間になんて考えることもない。昨夜強く吸われたせいでできたんじゃないか。その横に新たに志筑は唇を押し当てた。そして吸血鬼のように音を立てて吸い続ける。

小さな桃の花みたいな、新しい刻印が刻まれた。

「日奈は、許すと思う？　自分っていう女がいるのにさ。平気で浮気してるようなやつを」

「志筑は、僕と日奈を別れさせたいのか」

「どうかな。セックスさえしなければね。許してもいいよ」

「嘘だろ。君は日奈を、僕に取られたくないんだ。だからこんな…」

「違うって。日奈に靂を取られたくないんだよ。勘違いするなって」

残酷なくらい、志筑の笑顔は美しい。こいつは知ってるんだ。自分が本気になれば、女でも男でもたやすく手に入ると。

「分からないよ。どうしてそんなに僕に執着するのか」

「俺には靂が、どうして日奈を好きなのか、そっちの方がよく分からない。確かに女としちゃ、あいつは綺麗かもしれないけど、それ以外にどこがいいのさ」

僕の体に残った水滴を舌先で嘗め取る志筑の口から、思いがけない問いかけが出た。

どこがいいって…。

「日奈は…」

さっぱりしてて、頭も良くて、美人で、スタイルが…それで十分じゃないのか。

「靂。殺したいって思うほど、誰かを好きになったことあるか？　ないだろう」

「君は…あるのか」

「どう思う？」

志筑は顔を上げ、じーっと僕を見つめる。

ああこの視線だ。初めて会った時から、僕につきまとっていたのは。

「俺に溺《おぼ》れてみなよ。そうすれば…きっと分かるさ」

足が大きく開かれた。そして中心に志筑の顔がゆっくりと降りていく。僕は目を閉じる。明るい自分の部屋でされるなんて、恥ずかしすぎる。

「志筑。電気…消せよ」

「どうして…見せてくれよ。日奈にも見せたことない、いきまくった時の顔を…」

「頼む。消して…」

けれど意地悪な愛人は、僕を狂わせることに忙しく、優しい闇までサービスしてはくれなかった。

「あっ…ああっ」

昨日されたことと記憶が重なった。志筑の口は魔物の口だ。どこでこんなことを学習したのか、僕はいいように嘗め回されているだけで、あまりのよさに恥ずかしくも興奮していた。

口でされる奉仕に酔いしれて、自分を見失いそうになっていると、そこに指が入ってくる感触がある。さすがに今日は慣れたのか痛みはなかったが、その代わりもっと恐ろしいものが待ちかまえていた。

快感だ…。

「んんっ…志筑、止めて」

思わず僕は身を捩《よじ》る。体の奥深く突き刺さった指が僕の体に与えるのは、痛みでも苦しみでもなく快感なのだ。

「ここ、いいだろう」

じっと僕の乱れていく様子を見守りながら、志筑は余裕ある態度でさらに奥を指先でぐっと擦《こす》り上げた。

「ひっ…だ、だめだ…そこは…お願いだ。しないでっ」

恐怖から僕は叫ぶ。

男なら誰でも知っている、性器の先端や裏側を刺激されれば感じると。けれど僕はそれ以上のことなんて何も知らなかったんだ。

体の中にも秘密があるなんて。

「あっ、ああ…や…いやだ」

指で内部を犯しながら、志筑はさらに口で僕を犯す。それは自分の欲望を満たす前に、せめて僕にも快感を与えてやろうというフェアな態度だった。

空いた手は僕の太ももを優しくさすり、時折柔らかい内側の部分を強くつまんではいきそうになる僕を抑えていた。

たまらなくてまた腰がうねりだす。思わず志筑の口であることを忘れて、強く突き入れてしまった。志筑が喜んでいるのが分かる。僕が喜べば喜ぶほど、乱れれば乱れるほど志筑の行ったことは正当化されていくんだ。

「も…もういいだろ…。離して…頼むから」

このままではまた志筑の中に出してしまう。心の中ではこんな関係を拒否しているのに、されるまま欲望に流されていく自分がたまらなく惨めだった。

「いかなくてもいいの。それじゃ辛いだろ。それとも一緒にいきたい？」

勝ち誇ったように志筑は笑って言った。

「ねぇ、俺のこと考えてた？」

僕の体を苦もなく俯《うつぶ》せにすると、志筑は耳元で甘い声を出す。

「俺は一日靨のこと考えてたよ。帰る時、さよならもちゃんと言ってくれなくて…辛かった」

「…僕は…考えないようにしてた」

「どうして…」

「言わなくても…分かるだろ」

さらに惨めさが増している。四つん這《ば》いにさせられて、高く腰を持ち上げられた。そこに志筑のものがあてがわれ、散々指で弄《もてあそ》ばれたせいでほどよく綻《ほころ》んだそこに、先端が浅く押しつけられている。

「駄目だよ、そんなんじゃ。靂も俺のこと考えてくれなくちゃ嫌だ」

「日奈が…」

「忘れろよ。もう俺のものなんだから。俺は日奈のものを盗るけど、日奈は俺のものは盗らないんだ。言ってあげようか、日奈に。もう靂は俺のものになったって」

「それだけは…止めてくれ…」

ぐっと先端が押し入ってくる。僕の体は本能的に異物を押し出そうとしていた。だが志筑の入れ方は巧みで、逃げようとする僕の腰をぐっと押さえてさらに深く、奥へと侵入を試みる。

「あっ…きつい」

枕に顔を押しつけて、僕は苦しみに耐える。だが苦しかったのはほんの一時で、再び志筑のものの先端が、不思議な場所にたどりついた途端、僕の脊髄《せきずい》を甘い痺《しび》れが駆け上っていった。

「ああっ」

「ここ…だね。ヒットしたんだろ」

「やだ…そこは」

「靂、素直になんなよ。ここはこんなに素直なのに」

前から手を回して、志筑は僕のものをやんわりと握った。先端が濡れているのをもう知っただろうか。ぼくの体はまた裏切ってるんだ。

「いいんだろ？　いいって言ってよ」

さらにしつこく志筑は僕の中に押しいる。ぐっぐっとリズミカルに動かされて、僕は枕の中に志筑が聞きたいと望む言葉を吐きだした。

「ここ…昨日ともう違ってるよ…。ね…いいんだろ。日奈はこんなことしてくれないぜ」

「……ああ、いい…」

声を殺すための枕が突然取り払われた。その拍子に思わずあげた声を聞かれてしまう。

「もっと聞かせて。そういう声聞くとたまんないよ。靂、もっと声だして。ほらっ、もっと、いい声で泣けよ」

「あっあああっあっ」

声を塞ぐ方法はもうない。志筑の望み通りになってしまった。

「一緒に…いこう。な…靂…一緒に」

「んっ、んっ」

言われなくてももういきそうだった。志筑とのセックスは普通のセックスと違う。いや、男とするセックスはみんなこんなに激しく不思議な快感を伴うものなのか。

僕は何も知らなかった。

自分の体のことも、こんな風に愛される方法があることも。

体の中に志筑を感じる。体の外側でも志筑を感じていた。

「霳…大好きだ。ねっ、霳も、俺をもっと好きになってよ」

そして心の中にも今は志筑を感じる。

日奈は遠くに行ってしまったかのようだ。

「うまくいくさ。俺達…こんなに…感じあえるんだから」

乱れ始めた吐息に乗せて、志筑が囁く。

「綺麗だ…霳は…誰よりも綺麗だよ」

綺麗なもんか。平気で裏切りを重ねる、僕のどこが綺麗なんだ。

ああ、志筑を罵《ののし》る言葉も出てこない。自分の耳に聞こえるのは、恥ずかしいほどの僕のあげる声と、志筑の譫言《うわごと》のような愛の囁きばかりだ。

「愛…してるよ」

甘い叫びとともに志筑の熱い飛沫《ひまつ》を体の中に感じて、僕も恥ずかしいほどに体を震わせて果てる。あまりのよさにしばらくは口も利けない。ぐったりとなった僕を抱きしめて、志筑は満足そうに支配者の余裕を見せた。

「お風呂入ったのに、汚しちゃったな。後でまた一緒に入ろうよ」

「何でも…一緒じゃないといやなのか」

「そうだな。俺、まだガキの部分があるからね。余裕ないんだ。靨みたいな大人から見たら、馬鹿みたいだろうけど」

大人。僕は本当に大人だろうか。

やりたい盛りの少年のように、黙って抱かれてしまうこの僕が。

「それとも何か食べる？　そうだな、腹減ってるんだろ。ごめーん。気がつかなかった」

志筑は元気に起き出すと、裸のまま小さなキッチンに向かう。

その広い背中を見送りながら、僕はこれからどうなるんだろうとまた不安になっていた。


志筑の同居を受け入れたのは失敗だ。鍵を取り替えて、入れなくさせるべきなんだろうか。今さらそこまでするのも可哀相な気がする。

ではどうしたらいいんだろう。こんな時にはいつも日奈が相談相手になってくれるのに、今回ばかりは日奈にも話せない。

連日のセックスで体がだるい。でも仕事をしている間だけは忘れられる。キャラクター鯉幟のアイデアは、出した途端に採用された。短い期間に商品化しないといけない。そうなるとすることは山ほどある。僕は一日、必死になって働いた。

「兵頭さん。来客です」

今年入社したスタッフの女の子が、ドアを開けて僕を呼ぶ。企画書とイラスト担当のデザイナーから送られてきたスケッチのFAXに目を通していた僕は、顔を上げて壁に掛けられた時計を見る。

午後の五時。退社したければ退社してもいい時間に、いつの間にかなっていた。

「誰?」

僕は何げなく聞く。本日面会の予定はなかった。

「若い男性でしたけど。バイク便かと思ったら、違うみたいなんですが」

「デザイナー?」

デスクに散らばった紙をそのままに、僕は階下にあるロビーまで降りて行く。ロビーのソファには、大柄な男が長い足をもてあますように投げだして座っていた。

「志筑…。何してるんだ」

「んっ。もう帰れる?」

まさか迎えに来たんだろうか。今朝まで僕をその長い腕の中に抱いていたのに、それだけでは物足りないというのか。

「まだ…帰れない。仕事忙しいんだ」

「じゃここで待ってるよ」

「待ってなくていい。何時間かかるか、分からないから」

「……」

　途端に志筑の顔は不機嫌になる。

「仕事なんだよ…。分かるだろ」

「腹減ったんだ…。一人で飯なんて食いたくない…」

「それじゃ近くで食事しよう。それならいいだろう」

「その後は？　また仕事？」

　今度は僕が憮然《ぶぜん》とする番だった。

　どう説明すれば分かってくれるのだろう。僕は仕事で…。

「迷惑かけないって約束だろう」

「迷惑…なんだ」

　志筑は突然泣きそうな顔をした。これじゃまるで大きな子供じゃないか。

「家じゃできない？」

　縋《すが》るような眼差しを向けてくる。

日奈は一度も、こんな目で僕を見てはくれなかった。デートしたあとに別れる時も、いつだって振り返らずに去っていった。その後ろ姿を、縋るような眼差しで見つめていたのはいつだって僕の方だ。

こんな風に見つめられたことはこれまで一度もない。僕は愛することも下手だけど、愛されることも下手な人間だから。

「分かった…。家でやるよ。ただし邪魔するなよ」

志筑はにやりと笑う。ねだったおもちゃを手に入れた子供のような顔で。

途中で食事を済ませ、バイクに乗って帰る。志筑は僕が寒くないようにと、手袋とヘルメットをちゃんと用意していた。いつの間に用意したんだろう。僕の知らない志筑の時間。そこにも僕の存在はあるわけだ。

志筑がいつも僕の事を考えていられるのが、何だか不思議な気がする。僕は冷たい人間なんだろうか。二十四時間のうち、そんなに人の事ばかり考えているなんてできない。

部屋に帰ってすぐ、デスクに仕事の続きを広げた。デザイナーに説明するために、見本を作るつもりだった。スケッチをコピーした紙を切っている僕の足を、志筑は抱いて頭をもたせかけている。

大きな男が、こんな可愛い仕草を見せているのが、何かおかしかった。僕はしなくてもいいのに、思わずそんな志筑の顔に手を添えてしまう。すると志筑は嬉しそうに僕を見上げ、甘ったれた声を出した。

「何か手伝おうか」

「そうだな。それじゃこのコピーを切り抜いて」

「小学生の工作みたいだ」

「そうだよ。糊代《のりしろ》入れて。後で貼り合わせるから」

僕も床に座って、紙を切り抜いて小さな鯉幟を作る。

「完成品、できたらくれよ。バイクにつけるから」

「それもいいなぁ。でも風に乗って飛んでいかないか?」

僕らはすっかり小学生気分で、紙工作を楽しんでいた。二人で作ったので、すぐに完成品がいくつも並ぶ。

「後は素材を幾つか指定して…」

手にしたデザイン見本を確認していたら、いつの間にか志筑の唇が頬に触れていた。やめろよと言おうとしたが、なぜか僕は唇を薄く開いて、キスを待つ顔になる。すぐに志筑は僕を強く抱きしめ、愛情のこもったディープなキスをしてきた。

僕は変だ。

これじゃまるで自分から志筑を誘ってるみたいじゃないか。

「明日も…迎えに行くよ」

唇を離した途端、志筑は甘く囁く。

「そんなことしなくていい。ちゃんと早く帰るようにするから」

「一日中、靂のことばっかり考えてる。一時間でも永く…側にいたいんだ」

「他にすることあるだろう?」

「今は何もしたくない。やっと手に入れたんだ。…まだ当分は靂のことだけ。本当は一日中側にいたいんだぜ」

こんな情熱が僕にあったら…。僕はとうに日奈を手に入れていただろう。僕にはない物を、志筑はたくさん持っている。

羨ましかったけれど、やはり怖い。

志筑。君は僕をどうするつもりなんだ。こうやっていつも側にいてやらないといけないのか。そうして僕が君を愛し始めた時に、飽きてあっさりと捨てるのかもしれない。

新しいおもちゃを手に入れた子供のように…古い物は捨てられるんだ。

僕はすぐに捨てられるようなおもちゃばかりを作っている。流行に合わせて、その時だけの需要しかない物を作り、さらにまた次の新しい物を追いかけて日々を過ごしている。

雛人形のように何十年も大切にされる物もあるんだ。

流行の物を追う人間の情熱は激しいが、飽きるのも早い。たとえその物に寄せる関心や愛情は希薄でも、ずっと大切にされる物とでは価値観に大きな開きがある。

この愛情はどっちなんだろう。

分からせて欲しいと思ったけれど、志筑にだけ答えを言わせるのはフェアじゃなかった。

愛情は二人で育てていくもの。

そんな当たり前の言葉が浮かんできて、いまだに結論も出せずに逃げている僕を、深く憂鬱《ゆううつ》にさせた。


夢の続きの中にいるみたいだ。

こんなに何もかもうまくいくなんて、今でも信じられない。

手の中の鍵《かぎ》を見る。初めて靂《れき》を抱いた夜に、こっそりと取り替えておいたんだ。すぐにそれで合い鍵を作った。いつでも靂の部屋に入れるように。

拒否されるなんて考えるのも嫌だ。靂といることでしか、俺は幸せになれそうもないんだから。ドアを蹴破ってでも、あいつの部屋に押し入るつもりだった。

思った通りだ。あいつは俺を拒否しない。素直に抱かれたし、昨日だっていきなり会社に迎えに行ったのに怒らなかったじゃないか。

優しい靂。

まさに俺の理想の男だよ。

「涌井《わくい》、学生課の前にアルバイト情報貼《は》り出されてたぜ」

大学の構内で、俺は高校時代からの友達に呼び止められて足を停《と》める。

「まだ割のいいバイト捜してんの。いっそホストでも狙《ねら》ったら」

友達は俺をじろじろ見てから、意味のありそうな笑いを浮かべた。

「何だよ…。何か変なもんでもついてる?」

「いやー、フェロモンが零《こぼ》れてるよ。こう全身から」

「フェロモン?」

「カノジョできたのか。ねえちゃんより美人?」

そういう意味か。やだな。幸せなのが顔に出てるんだろうか。

「美人だよ。そうだな。日奈《ひな》に少し似てるかもしれない…」

言ってから改めて気がつく。そういえば靂、少し日奈に似ている。今の日奈じゃない。まだずっと小さかった頃の日奈に。

「あーあ。いい男にはいい女がくっつくんだぁ」

　普通の顔立ちをした友人は、言ってから心底残念そうにしていた。携帯を取り出して何か確認をしているので、俺はそのまま学生課に向かおうとした。

「涌井ーっ。悪いんだけどさー。今夜飲み会、付き合わねぇ？　お前も呼ぶって言っちまったんだけど」

「女…来るの？」

「んー。そうなんだけど」

「俺、やっとあいつゲットしたばっかなんだよな。頭の中、あいつがくるくる回ってる状態だから、悪いけどパス」

「くるくるか。すげぇな。俺もそんな女、見つけてみてぇよ」

　俺は思わず微笑《ほほえ》んで、そいつの側を離れた。

　いいさ。女じゃないんだと話したところで、誰も分かってはくれないだろう。それでもいいんだ。靂が俺を拒まなければ、それだけでいい。

　靂は今でも日奈と結婚したいのかな。やっぱり職場でも独身っていうのはまずいんだろうか。そんなこともないだろう。おもちゃのプランナーだぜ。結婚するのが最低条件なんて会社じゃなかった筈《はず》だ。

俺もそこんとこしっかり考えないと。独身でも何も言われないような仕事に就かないとな。これからは靂とずっと一緒にいるんだから。

そんなにうまくいくもんかと、心の中に棲《す》む悪魔は囁《ささや》く。

理想の男なんてどこにもいやしない。お前にだけ優しくて、お前だけを生涯愛してくれる男なんて、どこにもいやしないと囁くんだ。

黙ってろよ、悪魔。俺はまず日奈に勝たないといけないんだから。その先の話はそれからだ。

分かってるよ。靂が今でも日奈を諦《あきら》めきれないのは。誰がどう見たって日奈の方がずっと靂にお似合いだし、お母さんやお兄さんの手前、結婚だってちゃんとしたいだろう。

靂の考えてることなんて分かってる。分かっていて、俺は無理を言ってるし、してるんだ。

学生課に向かう途中に、学生生協がある。雑多に並べられた商品の中に、俺は靂の会社が作ったゲームキャラのストラップを発見して足を停めた。

靂の仕事かな。そう思って手に取ってみる。こんなもの誰でも作れそうだけど、布地の選択からプラスチック素材まで、一ミリ、一グラムの違いまで検討して作るって言ってたな。

あいつ…ちゃんと仕事してる社会人なんだ。

焦ってもしょうがないけど、俺の中にはいつも焦りが渦巻いている。

年下って辛《つら》いよ。

靂を最初に見た時に、強引に迫れなかったのはそれさ。ガキ扱いされて、甘やかされるのも好きなんだけど、男としても認めてもらいたいだろ。日奈の弟としてしか見られないのは嫌なんだ。

だからって俺に何があるってわけじゃない。ただの大学生なんだから。

今のままの俺じゃ駄目だ。靂の前じゃ精一杯余裕あるふりしてるけど、本当は余裕なんてねぇよ。いつも内心は子猫みたいにぶるぶる震えてるんだ。捨てられたらどうしようってな。

俺には一つのことしか見えない。靂みたいに周りをすべて見渡して、うまく立ち回れる冷静さも知恵もない。そういうところも可愛いと思って、愛されるくらいになれば安心なんだけど、今の状態では無理だろう。

こんなガキのお守りは嫌だって、いつか靂に捨てられそうだ。

靂を繋《つな》ぎ止めておくのにはセックスしかない。

あいつたいして経験ないみたいだから、俺に合わせて仕込むんだ。そして離れられなくしておいて、時間が自然な感じで俺を大人の男にしてくれるのを待つさ。

学生課のアルバイト紹介コーナーに、新しい仕事先が何件か貼り出されている。その中に大手のトイショップを発見して、俺は迷わずにその場で携帯を手にしていた。

短時間で高収入なんて、そんなに割のいいバイトじゃなくってもいい。日奈に追いつくためには、俺も同じスタートに立たないと。トイショップだったら、靂と話せるような色んな知識を身につけられるだろう。

日曜にうまく休みを合わせられるといいんだけど、それだけが問題だな。まだ二人っきりの休日を楽しんだこともないのに。

電話で面接日を確認する。今週の日曜だけはまだフリーでいられそうなので、少しほっとした。そうだ、来週、秩父宮《ちちぶのみや》でオールブラックスの試合を見たいって言ってなかったっけ。そうすると二週間、日曜は確保しないといけないんだ。

恋はこうやって人を縛る。

ついこの間までの俺は、何物にも縛られずに気ままにやっていたのに。

けれど縛られることさえ今は快感だ。靂を縛ることも、同じくらい快感だ。

靂が俺に縛られることをどう思うかは分からない。やっぱり嫌なのかな。俺につきまとわれて迷惑してるんだろうか。

自分でもわがままな性格だなって思うことはある。小さい頃は甘やかされていたし、大きくなってからは欲しいものは自分でも努力して、何が何でも手に入れるようにしていたから。

人間関係もそうなんだろう。これまで二回、本気になりかけた相手がいたけど、俺があんまり相手を縛ろうとするから結局うまくいかなかった。

靂とはそうなりたくない。嫌われたくないと真剣に思ってるのに、あいつを見てると自分をまた抑えられなくなる。俺以外の誰かと靂が寝るなんて絶対に許せない。相手がたとえ日奈でも駄目だ。

早く安心させて欲しいんだよ。

俺だけのものだと安心したい。

講義は終わった。帰るにはまだ少し早いかな。靂との待ち合わせに利用するファミレスで読む本が欲しかったので、何冊か買ってバイクを停《と》めてある駐輪場に向かった。

冬はもうじき終わる。陽射《ひざ》しが長くなったから、それとなく分かるんだ。乾燥した空気がぴりぴりと痛いけれど、風は穏やかで寒さをほとんど感じない。

冬じゃないみたいだな。

そう思って歩いていたら、見覚えのある明るいコートが目を引いた。

「日奈…。こんなとこで何してんだよ」

「…うん。近くまで仕事で来たから。バイクあるか確認してから電話しようかなと思ってたの。講義は…もう終わったんでしょ？」

「終わったけどさ」

側を通り過ぎる学生が、ちらちらと俺と日奈を振り返る。姉弟だと知らなければ、俺達はお似合いの二人に見えるのだろう。

日奈は綺麗だ。華やいだ美貌をしている。よくみんなに言われたな。あんなに美人のねえちゃんがいたら、それ以上の女を捜すのが難しいだろうって。

俺が男を好きなのは、そのせいじゃない。

女の顔なんてどうでもいいんだよ。

優しい男が好きなだけさ。

「お茶しようよ。志筑《しづき》、ここんとこずっと家に帰ってないでしょう。お母さん、心配してるわよ。今、どこにいるの？　バイト」

自然な会話の中に、日奈は巧みに知りたいことを織り込む。

正直に言ったら…どうするんだろう。

日奈の婚約者、兵頭《ひょうどう》靂の家にいるんだって言ったら、日奈、お前どうする。

俺を殴るか。それとも罵倒《ばとう》するかな。親父とお袋に言いつけて、俺をあの家から完全に抹殺したいか。

いや…日奈はしない。

静かに諦めるだけだ。ずっと昔からそうだった。俺が何を盗っても、決して日奈は怒らなかったじゃないか。

それとも日奈は靂をとても愛していて、初めて俺を叱ることになるだろうか。いい加減にしなさい。人間はおもちゃじゃないって、叱るのかな。

「友達んとこに泊まってる。バイト先…近いから」

「そう…それならいいけど」

大学の側にあるカフェテラスに日奈を誘った。日奈はすれ違う女の子の服を見ては、あの子はセンスがいいとか、あそこのブランドは人気があるとか、そんなつまらない話ばかりしている。一度も靂の名前を出さないのは、あいつからあの後電話もないせいだろうか。

それとも昼間、俺の知らない時間に電話してるのかな。電話の中では、靂は今でも優しい婚約者を演じつづけているんだろうか。

「ケーキ食べちゃおっと。バイトしてんでしょ。志筑、奢《おご》って」

席につくと、日奈はとても優しく笑う。ケーキの写真を見て、本当に楽しそうに選んでいた。こんな穏やかな日奈を見るのは久しぶりだ。こいつ、これまでいい男に巡り会ってなかったからな。靂と出会ったことで、日奈も変わったんだろうか。

「カフェラテとこのチョコボンバーにしよっと。志筑は？」

「エスプレッソ」

「何よ。大人ぶって。ちょっと前まではコーヒーは苦くて嫌だなんて、牛乳たっぷり入れないと飲めなかったくせに」

「俺も…大人になったんだよ」

　ポケットから煙草を取りだして吸う。

　靂は煙草を吸わない。コーヒーはアメリカン。ミルクをほんの少し。さっぱりした食べ物が好きみたいだな。野菜ばっかり食べたがる。

　朝は決まって野菜ジュース飲むんだ。朝食は出勤途中のカフェで、モーニングのセットで済ませてる。コーヒーは好きだから、一日何杯も飲むんでアメリカンなんだって…。

　ごめん…日奈。

　俺、日奈の婚約者のことばっかり考えてるんだよ。こうして離れている間も、頭の中は靂のことでいっぱいなんだ。

「日曜には帰るの？　お母さん、いると文句ばっかり言うくせに、志筑がいないとご飯作るはりあいがないって」

「いや…日曜もバイトなんだ」

「何だ。あたしはどうしようかな。また靂くんとデートでもしよっかな」

　そう言って日奈は、なぜかじっと俺を見つめた。

「……忙しいんじゃないの…カレシ」

思わず冷たい声になってしまう。

「そうね。忙しいみたいね。電話もくれないもの」

「電話…ないんだ」

俺のせいで？　なんてな。あるわけないか。

電話してないんだ。日奈にはしてない。俺にはメールくれるんだけど。俺が何回も入れるからかな。

つまんないことなのに、たかが電話だ。ほんとに、ほんとにつまんないことなのに、胸が苦しくなるくらいに嬉《うれ》しいのは何でだろう。

「ねぇ、志筑。幸せって、あたしまだよく分からないの」

「急にそんなこと俺に言われてもな。日奈…幸せじゃないのかよ」

盗み見るようにして日奈の表情を窺《うかが》う。もしかして靂のこと、気がついているのだろうか。

急に態度が変わったんで、脅えているのかもしれない。

さっきまであんなに嬉しかったのに、俺の気持ちにも暗い影が射す。

日奈を哀しませてまで、幸せになりたい自分に対する嫌悪感で、エスプレッソは倍の苦さに感じられた。

「愛される方が幸せだと思う？　それとも愛する方が幸せなのかな」

「…さぁ、どっちも経験足りないから…」

靂に愛された日奈。靂を愛した俺。どっちがより幸せかなんて、誰にも分からないじゃないか。

「知り合いの年上の女性に言われたの。愛されて結婚するのは幸せそうに見えるけれど、もし旦那様に何かあった時に、負担は倍になるって」

意味がよく分からないんで返事のしようがない。俺は黙って新しい煙草に火を点《つ》けた。

「旦那様のせいで辛い目にあった時に、どうしてあたしを選んだのよって、恨む気持ちになるんですって。でもね…自分が愛した人と結婚した時は、しょうがない。自分がこの人を選んだんだからって諦めがつくんですって」

「おばさんってのは、変なこと考えるんだな…」

日奈は靂と結婚しても、靂に何かあったら恨むのだろうか。俺は靂に何があっても、自分が選んだ男なんだからと、生涯面倒見られるって、そういうことなんだろ。

「日奈。マリッジブルーなの。無理して…結婚することないよ。彼は…いい人かもしれないけど、やっぱり合わないいんじゃないか」

「そうね…でも志筑は靂くんのこと…好きでしょ」

俺達は巧みに視線を逸《そ》らしていた。

日奈はフォークを手に、優雅にまん丸なチョコレートケーキを崩す。中身のムースが、皿に敷き詰められたカスタードソースにまみれて、不思議なオブジェのようになっていた。

「いいのよ。あたしのことなら…」

「…ん?」

「あたしは…傷ついたりしないわ」

「何の話」

「食べる?」

日奈はいつもそうするように、ケーキの皿をさりげなく押しだした。

俺が日奈の食べるものを、必ず欲しがるのを知っている。だけど俺は欲が深いから、自分のものも欲しいんだ。買ってきたケーキの箱を前にして、俺が悩んでると必ず日奈は今と同じように自分の皿を差しだして言った。

『あたしの少しあげるから…味見してみて』と。

俺はコーヒーカップに添えられていたティスプーンで、崩されていないチョコレートケーキの端を少し削って、口の中に入れた。

振りかけてあるココアの苦さとチョコレートの甘さが、同時に口の中に広がった。

「おいしいでしょ。あたしが選んだんだもん。おいしいに決まってるわ」

「甘いけどな」

「甘いけど、期待した通りの甘さでしょ」

すっと俺は皿を返す。日奈は残りをおいしそうに食べていた。

日奈の言葉は謎に満ちている。隠された深い意味を、俺に分かれってことなんだろうか。

「志筑が幸せなら…あたしはいいの」

「…どういう意味？」

「深い意味なんてないわ。言葉のままよ。あたしはどうも普通の幸せっていうのには、向いてないみたい…」

カフェラテのカップを両手に包み込み、日奈はゆっくりと飲み込んだ。俺はカップの底に残った、コーヒーの染みを見つめていた。

言うべきなのかな。

何もかも日奈に。

「日奈…俺」

「そうだ。就職どうなった？　来年に入ってからじゃ遅いわよ。経済なんて一番無難な学部選んだんだから、どこでも大丈夫なんて思ってたら甘いわよ。今から走り回らないと、就職大変ですって」

巧みに日奈は話題をすり替えた。

「バイトさ、大手のトイショップにしたんだ。そこに就職枠あったら、そのままスライドしちまおうかな」

謎かけには、謎かけでお返しだ。日奈。頭いいんなら分かれよ。俺の言葉の意味を。

「トイショップ…」

「うん。外資系の…」

じっと日奈は俺を見つめる。俺も日奈を見つめた。

「いいんじゃない…。とってもいいと思うわ」

にこやかに日奈は笑った。それで俺は、日奈がすべてを読んだと確信してしまった。


俺達姉弟が小さい頃、お袋は家でいつも子供用の服を縫っていた。友人と共同で始めた子供服の店が思ったより当たってしまい、オリジナルとして売り出していた服がどんどん売れるようになってしまったからだ。

最初は俺達姉弟に着せるために、お袋はせっせと服を作っていたんだと思う。俺達ガキの頃はかなり可愛かったからな。いつもお揃《そろ》いの可愛い服を着せられていた記憶がある。

あの頃のことはあまり覚えていない。いつも日奈の後ろにくっついていたと思う。当時からすでに日奈は頭が良くって、俺よりずっと大人だった。

子供だからそれなりに失敗したり、いたずらもした。すると日奈は、それをお袋の目から巧みに隠してくれたもんだ。

俺の性癖を日奈はもう知ってる。高校時代、結構ヘビーな関係になったやつがいて、俺は一人で大騒ぎしていたから。なのに日奈は、それを親父にもお袋にも言わなかった。

その時の男も、年上の優しい男だった。なのにやつも、関係が深くなった途端、何を恐れたのか俺から逃げだしたんだ。そいつの場合、堅い仕事だったからな。スキャンダルになるのを恐れたんだろうけど。

あの時の失敗を繰り返したくない。

靂を失うのは嫌だ。

「もうこんな時間か…。日曜だからって寝すぎだな…」

靂は起きて、携帯を手にしている。誰かにメールをしてるんだ。

相手は日奈だろうか。俺は思わず背後からその手元を覗《のぞ》く。

やはり大当たりだったんだろう。靂はさりげなく携帯を俺の視線から隠した。

「朝食の支度するよ。もう少し寝てれば」

ベッドから抜けだそうとする靂の腕を、俺は思わず摑《つか》んでいた。

「ねぇ…今日は特別なルールにしようよ」

「特別なルール？」

「一日中、裸でいること」

「おい…冗談だろ。裸で食事の支度しろっての。やめろよ」

靂は呆《あき》れたように言いながら、俺の腕を外そうとする。

「いいじゃん。どこにも出かける予定ないし…一日裸でいようよ」

「志筑。わがままもいい加減にしろよ。冬に裸でいたら風邪引くだけだ」

「部屋暖かくしてればいいだろ。ここ南向きだし…夜はヒーターかなり利くよ」

着替えたら靂は出かけるつもりだ。本屋に行くとか、仕事先の人と会うとか何か口実を見つけて出かけるだろう。

そこに日奈が来ないって言えるか。

俺はまた同じ過ちを繰り返してるのかな。独占欲と嫉妬《しっと》深さ。相手を縛ることでしか愛情を確認できない、この子供じみた自分を変えることはできないんだろうか。

「パンツだけ認めろ。でないと、料理してる時にあそこにかかったら」

靂は笑いながら言った。

「よし、料理してる時はパンツ着用を許可する」

その通りに、靂はトランクスだけの姿で朝食の支度を始めた。

優しいんだよな。こんな馬鹿な要求をされたら、マジで怒られても仕方ないのに。靂は俺を甘やかすんだ。まるで日奈みたいに。

「靂…今日はどこにも行かないで、一日俺といてよ」

ベッドに腹這《はらば》いになりながら、俺は煙草を手にして靂の反応を見守る。冷蔵庫から出した卵をボールの中に割り入れて、くるくるとかき混ぜていた靂は、俺の言葉にしばらく動きを止めた。

「本当に一日どこにも行かないつもりなのか。買い物でも映画でも…したいことすればいいのに。悪いけど…僕は仕事がある。家にいても志筑の相手ばっかりしてあげられないよ」

「仕事って…」

「この間の鯉幟《こいのぼり》。あれのコストの見積もり立てないといけないんだ。デザイナーからパソコンで完成イラストが送られてくる。それを確認して、サイズを決定してから見積もりだよ。あんな小さなおもちゃでも、形にして商品化するのって面倒なんだよ」

「いいよ…仕事してても。邪魔しないから」

「この間もそう言って邪魔したぞ」

フライパンでバターの溶けるいい匂いがする。靂は俺の好きなスクランブルエッグを作ってくれてるんだ。お袋が作るスクランブルはいつでも固い。火を通しすぎるせいだ。おかしなことに靂が作るスクランブルが、一番俺の好みに合ってる。

「できたよ。レーズンブレッド、焼くの？」

「うん…」

「志筑の好みって、本当にお子さまなんだな。見た目はずっと大人なのに」

「すいませんでした。期待を裏切って、こんなガキで」

普通のトーストより、レーズンが入ってるのが好きなんだ。笑われてもしょうがないか。ちょっとガキっぽいよな。

「ほらっ、ケチャップ。まだ熱いから、裸の上にこぼすなよ。火傷《やけど》するから」

本当に素っ裸で、俺は洒落《しゃれ》た小さなテーブルについた。家にあるダイニングと違って、かなり高い位置に座る場所のある椅子は、どこかのカフェのようでセンスがいい。

「やだな…本当に一日裸でいるつもり」

「いるよ…どうせまた…靂を抱きたくなるから」

「……」

そこで靂は困ったような顔をして、焼きたてのレーズンブレッドを俺の前に置いた。

「志筑。セックスの回数も決めようか」

半分笑いながら言ってる。

あ…駄目だ。今の顔見てたら、また胸が苦しくなった。

無茶を言ってるのは俺だ。なのに靂はいつでも優しく受け流す。怒って拒否することだってできるのに、それをしないで俺を傷つけないように別の言い方を探してくるんだ。

さかりのついた犬みたいだって、言われたことあるぜ。お前にはそれしかないのかって、冷たく突き放されたこともある。俺はただ、夢中になってる時はそれしか考えられなくなる、単純な頭をしてるだけなのにさ。

そんなことが積み重なって、結局どの男とも駄目になった。俺はかなり落ち込んで、自分に自信を失いかけてたんだ。

愛しすぎたらいけないんだ。なのに加減が分からない。

靂。どうしてそんなに優しく俺を受け入れるんだよ。心はまだ半分日奈のもののくせに。

「靂のスクランブル、好きだ。ふわっとしててちょうどいい」

「それはどうも。大学時代から自炊してたからね。レパートリーは豊富なんだ。今は男も料理くらいできないと…結婚しても二人で働かないといけないし」

靂も日奈と同じだ。

謎かけの天才。

「じゃ俺も料理覚えよう。靂、好きなもの何。まず靂の好きなものが作れないとな」

どう。俺の答えはストレートだろ。

「白菜の漬け物。やってみるか」

笑いながら靂は、コーヒーサーバーをセットした。

「田舎くさいな」

「僕は地方出身だからね。家は旧家で、祖父母と両親、それに二人の兄と大家族で育ったんだ。兄達とは年が離れてたから、いつも一人で絵を描いたり、ちまちまと工作なんて作って暮らしてたんだよ」

靂は一枚の写真を取りだして俺に見せる。確かに旧家と呼べるやたら広く、大きな家が写っていた。

「君達みたいに、都会で育った人間じゃない…。保守的な土地で育ったんだ…。そういう場所ではね。価値観って…たいがい一つしかないんだよ」

ほら、また謎かけだ。

分かってるよ。地方の旧家出身の靂としては、まともに結婚しないといけないんだろう。どんなことがあっても、男の恋人なんて連れて帰れないんだよな。

言いたいことは分かる。だけどここは靂のいる地方とは違う。隣の人間が何をしているかなんて、誰もが知らずに生きていける東京のど真ん中だ。

「志筑…これから就職とかもあるだろう。それにご両親も…その、知ってるんだろうか。君の…その」

「知らないだろ。言う気もないし」

俺はコーヒーをカップに注ぐ。ミルクも入れずに口にしたコーヒーは、かなり濃かった。

「靂、コーヒー。濃いよ」

「いいんだ。志筑はその方が好きなんだろ。僕は少しお湯を足すから」

口では拒否するような言い方をしながら、靂はこうしてまた俺を甘やかす。自分は薄いコーヒーが好きなくせに、わざと俺好みのコーヒーをいれるんだ。

これで愛されてないと信じろっていうのが無理なんじゃないの。

「こんなにいい男なのに…。どうして僕みたいな男を」

薄めたコーヒーを飲みながら、靂はため息混じりに口にした。

「昔から変わってないよ、俺の趣味。優しいお兄さんってのが、好きなんだ」

「本物の兄なんて、いいもんじゃない。人のお年玉は奪うし、雑用はさせるし、悪いことしてもみんな人のせいにするし。最悪だったな」

靂は思い出して笑っていた。

ああ、こんな優しい笑顔、いつまでも見ていたい。早く安心させてくれよ。俺だけのものだって、俺を安心させて。

思わず靂の手を握っていた。その手は優しく握り返される。

「君の情熱は…仕事に生かされるべきだと思うよ。卒業して実社会に出れば、きっと居場所が見つかる。そうすれば…」

「それと愛情問題は別だろ。靂、問題をすり替えるなよ。俺は社会人になったって、今のままだよ。靂を好きなことに変わりはない」

ここで宣言しておくぜ。俺は靂を諦めたり、手放したりするつもりはないからな。逃がすもんか。やっと見つけたんだ。本当に大切にしたいと思える男を。

「靂…抱かせて」

不安になると、なぜかセックスに逃げたくなる。靂の体に俺を入れることで、所有している安心感を味わいたかった。

「裸っていいよな。したい時にすぐできて」

「待ってくれ。まだシャワーも浴びてない」

「そんなのはいいよ」

「よくないだろ。寝る前にして…そのままだ。僕は…そういうの苦手なんだ。食事の後も片付けてない。することはいっぱいあるのに…志筑はそれだけしか考えないの」

哀しそうな顔をして靂は言った。

「分かった。皿とカップを俺が洗う。その後で二人でシャワー浴びよう。靂も…ちゃんと洗ってやる。俺が…汚したんだから」

靂の手を思わず強く握っていた。お願いだ。そんな哀しそうな顔はしないでくれよと言う代わりに。

「仕事があるって言っただろう。邪魔しないって言ったのは誰だっけ」

「してからやればいいだろう。そんな何時間も上に乗ってないよ」

「絶対だな…」

くすっと靂は微笑む。

ほら、また俺を甘やかす。

泣きたいくらいに俺は幸せだった。

「それじゃお皿洗って…」

靂の視線は、ふっと俺から外れて携帯に向かった。メール着信のランプが光っている。けれど靂はただ見つめるだけで、手にしようとはしなかった。

畳に座っていた。着ている衣装がやたら重く動くこともできない。ちらっと横を見ると、日奈も同じようにぞろっとした着物を着せられて、神妙な顔をして座っていた。

結婚式？　違う。これは雛壇だ。

僕らは最上段にいて、眼下にしもべ達を見下ろしている。

「帝《みかど》もこまったものだ。あのように美しい后宮《きさいのみや》を手に入れながら、何とお戯《たわむ》れの相手は右大《うだい》臣《じん》だと」

「笑止、笑止。束帯《そくたい》を脱がれて、女房装束《にょうぼうしょうぞく》を纏《まと》ったらよろしかろう」

「あれ、それでもおかしゅうない。帝は女のように美しいゆえに」

一番下段で、三人の男達が騒いでいる。その顔がなぜか職場の同僚なのがおかしかった。

「右大臣様にもこまったこと。女房の部屋には寄りつかず、夜毎、帝の寝所に忍ばれて」

「あら悔しい。あのような美丈夫が、女人《にょにん》に手も触れずとは」

「お気の毒なは后宮様。今夜もまた…お一人寝で」

今度は三人の女達が、ひそひそと声を潜めて喋《しゃべ》り出す。すると女達の下にいた、立ち姿の男がくるりと後ろを振り返った。

その視線はひたと僕に注がれる。

志筑。

これは…夢だ。悪夢だ。

雛達が笑いだす。あるかなしかの小さな口からは、嘲笑《ちょうしょう》が次々と溢れだす。

恐怖で目を開けると、そこに志筑の安らかな寝顔があった。

これでもう二週間。志筑は家には帰らず、毎日ここにいる。僕が帰る頃に迎えにきて、毎晩眠る前に激しく何度も僕を抱いた。

僕は曲芸を覚えたシャチのように、忠実に志筑の言いなりになっている。体はすっかり愛されることに馴らされて、辛かった挿入さえも今では快感にすり替わっていた。

この間の休みはひどかった。一日家にいて、文字通りやりまくっていた。服を着た時間なんてほとんどない。志筑は片時も僕を離さず、この体をいじりまくっていた。

どんな顔をして僕は抱かれていたんだろう。きっとひどい顔だ。志筑は美しいと思ってくれているようだけど。

このままじゃいけない。

失った元の自分を取り戻さないと。

取り戻せるんだろうか。今ならまだ間に合うだろう。

このままだったら…僕は志筑を愛してしまう。

日奈を愛している以上に。

「またいやな夢でも見た？」

志筑は目を開けると、心配そうに僕を覗き込む。

「どうして分かった？」

「最近うなされてるよ、いつも。会社でいやなことがあるんならさ。俺に言えよ。役には立たないかもしれないけど、聞いてやることはできるんだから」

ありがとう、志筑。僕は感謝すべきだろう。けれど原因は君だ。君と日奈が、僕に悪夢を見せるんだ。

それでも僕は感謝の印に、志筑に優しくキスをする。愛していなければできないような、とても優しいキスを。

「志筑。実家に帰れよ。僕、今日から大阪《おおさか》に出張なんだ」

これは…嘘だ。

本当は今夜、新宿《しんじゅく》にある高層ビルのホテルを予約した。もしかしたらこれが最後のチャンスになるかもしれない、日奈との関係を修復するために。

「大阪？　そんな話、聞いてねぇよ。じゃ明日の休みは。オールブラックスの試合、見に行く

って言ってたじゃないか」

「どうせ雨か雪だよ。大阪の玩具業者にちょっと会いたい人がいて…」

僕は言葉を濁す。

ベッドを降りるとシャワーを浴び、汚れた体を洗った。そしてさも出張のように、小型のトラベル用ビジネスバッグに、二日分の着替えを入れる。

「二泊になるかもしれない。こんな時だから、たまには家に帰って、ご両親を安心させろ」

精一杯、年上らしく言ってみた。

だが志筑はふてくされた様子で、裸のままベッドの中で煙草を吸っている。

「天気予報じゃ雪だぜ。新幹線、止まっちまうかもしれないじゃないか」

「それもしょうがないさ。仕事なんだから」

「ついてこうかな。駄目?」

「いい加減にしてくれよ。君はまだ学生で、気楽な身分かもしれないが」

志筑ならマジについて来るかもしれない。僕は内心の焦りを隠して、怒ったふりを続けた。

「靂…」

「んっ…?」

荷物を用意し終わった僕は、スーツを選ぶ。紺のスーツにブルーのワイシャツ。ネクタイは以前日奈からプレゼントされた格子縞《こうしじま》だ。

「俺のこと…少しは愛してる？」

「おかしいよ。いつも自信満々の志筑が、そんなこと言うと」

思わず笑ってしまう。

今の志筑の言い方。まるで母親に怒られた子供みたいだな。そういうとこ見せられると、可愛いなんて思ってしまえるから不思議だ。

「なぁ…愛してるって言って」

僕は思わず黙り込む。

愛してるは、そんなに軽い言葉じゃない。少なくとも僕にとっては。

「言わないのは、愛されてないから？」

「まだ言い切れるだけの自信がないんだ。志筑、あんまり無理ばかり言うなよ」

「俺から逃げられるなんて思うなよ。やっと手に入れたんだ。俺、絶対にお前から離れないからな」

若い情熱。そう片付けるにはあまりにも狂的だ。どうしてなんだろう。志筑がそんなに僕を好きになれるのは。

「たまには僕以外の人間を見るといい。そうしたらまた違った目で、僕を見れるよ」

本心からそう言った。だが不用意な一言が、志筑の機嫌を損ねてしまったらしい。

「靂は俺以外の人間に会いに行くんだ…。嬉しそうだね。もう俺に飽きたってこと」

「仕事だって言っただろう。つまらないことばかり言うなよ…」

志筑は立ち上がると、いきなり背後から僕を強く抱きしめた。そして項に唇を押しつけて、強く吸い始める。何をしようとしているか分かる。所有者の印を、刻みつけようとしているのだ。

「よせよ。ガキみたいなこと」

「キスマークつけたとこ全部覚えてるぜ。一つでも増えてたら、許さないからな」

何とでも言え。つけられる心配はないさ。だが日奈と過ごす部屋は、暗くしないとな。残酷にも僕は、それだけを考えていた。

「帰る時は電話して。駅まで迎えにいくから」

「雪だよ…。バイクじゃ無理だ」

「だったら電車で行く…」

「ここで…待っていればいいじゃないか」

そう、この部屋にいればいい。

裏切り者の僕を殺すための刃物でも研ぎながら、待っていればいいんだ。

そうすれば僕は安心してここを出ていける。


天気予報は珍しく当たった。都心はその午後から、本格的な雪になった。

僕は日奈との約束の時間よりも、かなり早くホテルにチェックインして、やり残していた仕事を部屋でやっていた。地上四十階という高さにあるその部屋からは、眼下に広がる都心の景観が楽しめる筈だった。だが生憎の雪で、ただ灰色の霞んだ風景が、朧《おぼろ》げに見えるだけだ。

いつもは上から降ってくる雪が、はるか下の地面に舞い落ちていく様は、滅多に見られるものではない。僕はデスクから顔を上げ、音のない窓外《そうがい》の映像のあまりの美しさにつられて、椅子から立ち上がった。

街はすべての生き物が死んでいるかのようだ。僕のように愚かな人間を埋め尽くし、意味をなくした文化や文明なんてものも、綺麗さっぱり消し去ってしまうといい。幻想的な窓外の風景に魅せられて、僕はしばらく窓辺に佇《たたず》んでいた。

日奈とはもう二週間会っていない。メールを送ったり、電話を掛けたりはしているけれど、会う勇気がなかった。どんな顔をして会えばいいのか。日奈に会ってもまだ、志筑との秘密を守り通せるのか自信がない。

日奈と別れた方がいいのだろう。志筑の思うツボだろうが、その方が人間としては誠意があると思う。だが僕は、最後のチャンスに賭《か》けてみたいんだ。男として日奈を愛せるかもしれないだろう。そうしたらどっちを選ぶ。

志筑か、日奈か。

僕はずるい。

日奈を選んで、幸福に暮らしたいんだ。

いつか子供を作って、郊外に家を買い、老後の心配をしながら、ありふれた人生を妻と呼べる女性と過ごしたい。

志筑の愛は…ただの幻想だ。セックスだけの繋がりでしかない。そう思いたい。

思い出させて欲しいんだ。日奈を抱くことによって、僕がどんなにつまらない普通の男かってことを、この体と心に。

あんなに愛される資格なんてない。

志筑はまだ若いから、愛の夢を見ているだけだ。僕はわずか二十四で、もう老成している。愛だけでは生きられないと知っていた。今は灰色に見える雪の色こそが、僕には相応《ふさわ》しい。

すぐに戸外は暗くなった。すると街は赤や黄色のライトを点滅させる。灰色の雪を通してぼんやりと見えるライトは、まるで雪洞《ぼんぼり》の灯のようで、さらに風景は幻想的になっていく。

約束の時間、僕はレストランの入り口で日奈を待った。日奈はほどなく現れる。レザーのコートに、ヒールの高いブーツ。入り口でコートを預けると、下には明るい色のニットのワンピースを着ていた。その体からは甘いコロンが香る。いかにも女の匂い。化粧品の匂いだ。

「すまない。仕事が忙しくて。バレンタインデートもできなかったね」

「いいのよ。あたしも忙しかったし。これ、遅れちゃったけれどバレンタインのプレゼント」

「へぇー、何だろう」

僕らは料理が来るまでの間、いかにも幸福な恋人同士のように、プレゼントをはさんで談笑する。

「キャラクター鯉幟の企画が採用されてね。四月頭の発売を目指して、急ピッチで進行してるんだ。もし予想した数よりも売れたら、ボーナス、期待してもいいって」

出来る男なんだぜ、僕は。そう言ってるんだ。その貰えるか貰えないか分からないボーナスをあてにして、シャンパンを頼む。細長いグラスに満たされるシャンパンは、美しい日奈をさらに美しく彩った。

日奈を前にして、僕の不安は膨らむ。果たして抱けるのだろうか。彼女を男として満足させることができるだろうか。志筑が僕を狂わせるように…激しく。

それともここで告白してしまおうか。実は今、志筑と暮らしているって。志筑に抱かれると、僕はすぐに自分を見失う。頭の中が真っ白になって、狂ったように喜ぶんだと正直に告白したら。

日奈は新しいゲームの話をしている。そのキャラクターの誰かの話だ。僕は適当に相槌《あいづち》を打ちながら、なぜか志筑のことばかり考えている自分に驚いた。

志筑はコンニャクが嫌いなんだ。それとカリフラワー。味のないものは嫌いだって、まるでガキみたいな話だけれど、そんなことを突然思い出す。

筑波《つくば》のサーキットの素人《しろうと》レースに出ていて、今度さらに上のクラスを目指したいと思ってるけど、バイトが思うようにできない。だから金のいいバイトと思って、死体洗いをしようと思ったけど、病院の入り口で引き返したんだ。

見てもいないのに、見てきたみたいに情景が浮かぶ。志筑があの渋い顔で、病院の前まで行ったものの、突然情けない顔をしてUターンしたとことか。

本当は明日二人で、来日しているラグビーチーム、オールブラックスの試合を秩父宮ラグビー場まで観に行く筈だった。暖かいダウンのコートを引っ張りだして、寒いか寒くないかなんて、散々言い合ってたのに…。

「靂くん」

「あっ、ごめん。仕事のこと考えてて…」

「いいのよ。仕事でヒット出せるなんて、そうあるもんじゃないから」

穏やかに日奈は笑う。

ああ、日奈。僕は君を愛してたんだよね。なのにどうしてだろう。今ここに君がいるのに、まるで人形のようにしか思えない。人間そっくりの、人形を前に話しているかのようだ。僕に思い出させて欲しい。初めて君を知った時の甘い胸のときめきとか、君を抱きたくて体が疼《うず》いて眠れなかった夜とか。

「日奈。部屋、リザーブしてあるんだ。よければ今夜…」

美しく盛られたデザートを前にして、僕はついに告白をする。

「ごめんなさい。今夜は父が出張で、母が一人になっちゃうから」

「志筑は？　志筑くんがいるだろう」

「志筑は…恋人ができたみたいで、ずっと家には帰ってないの」

日奈は顔を上げて、真っすぐに僕を見た。

もしかしたら何もかも知っているんじゃないか。そう思ったのは、あまりにも僕が罪深くて脅えているせいだろうか。

罪をごまかすために、また新たな罪を犯そうとする僕は、そう易々《やすやす》と許されはしないらしい。

「へぇーっ。良かったじゃないか。相手…どんな子？　今度ダブルデートしようか」

心にもない言葉が、罪人の口をついて出る。

「紹介できるような子ならいいけど…あの子、ゲイなの」

挑むような視線を、その時、日奈は僕に向けた。

「そう…そうなんだ」

知ってたのか。少なくとも志筑が男を好きなのは知ってたんだ。

もしかしたらあの家族は全員、志筑の嗜好を理解しているのかもしれない。だからどこか腫《は》れ物を扱うようにして、志筑に接していたのだろうか。

二人きりになると、志筑は思わぬ子供らしさを見せる。好きな男のタイプは、優しいお兄さんタイプで、時々思いっきり甘えさせてくれるような、年上の恋人が欲しかったと僕には告白した。

日奈も…知っていたのだろうか。

まさかそれを知っていて…。

「志筑がゲイでも…靂くんなら認めてくれるわよね」

「それは…そうだな」

「小さいころはね。志筑って、何でもあたしの真似《まね》をしたがったのよ。お母さんがとっても綺麗な、フリルがいっぱいついてるスカートを作ってくれたら、どうしてもそれを自分も着るんだってきかないの」

優しい姉の顔になって、日奈は過去を振り返る。

「お母さんはあたしにぬいぐるみを買ってくれる時に、必ず同じので少し小さいのも買ってきて、それを志筑にあげてたわ。そうしないと志筑が、僕のもって、欲しがって騒いで大変だったから」

「ぬいぐるみ？　今の彼には、似合わないな」

「そうね。あのままだったら、あの子、もっと違ってたでしょうね。だからあたし…ある年頃からスカートはくの止めたの。フリルのついたスカートが欲しかったけど、ジーンズにトレーナーを着て、そして…おもちゃ売り場ではバットとかロボットのおもちゃをねだったわ」

「日奈…」

そこで言葉を休めて、日奈は優雅な仕草でデザートを掬《すく》った。そして香りのいいコーヒーに口をつける。

「それがいいことだと思ってたの。志筑が可愛かったから…。髪を短く切って、志筑と一緒にリトルリーグにも入ったわ。自転車もマウンテンバイクタイプに乗って、自分のことずっと僕って呼んでた…」

「そこまでする必要があったの？」

「そうね。でもあたしたちが小さい頃、お母さんは仕事で忙しくて、毎日、毎日、朝から晩までミシンをかけてた。志筑はあたしのあとを追いかけるしかなかったのよ」

そうか。日奈は母親の代わりだったのか。

そして僕は日奈の代わりだったんだ。

兄のように振る舞う日奈の姿が、いつか優しいお兄さんとして志筑の中に棲みついてしまったのだろう。

僕という人間を知って、愛してくれたんじゃなかったんだ。

好きだっていう言葉も、縋るような眼差しも、みんな本来だったら日奈に向けられたもの。もうどこにもいない、幻の兄。幼い日奈の幻影を、志筑は僕の中に求めていたんだろう。

それを知ってもまだ、僕は志筑を愛していた。ちゃんと僕を見て、僕だけを愛して欲しいのに、いつまで待っても代わりのままなんだろうか。

変だ。

裏切り者は僕なのに、あろうことか僕は日奈に嫉妬さえしている。

「中学になって、ようやっと本来の自分を取り戻したの。反動かな。料理とか人形作りとか、ともかく女の子がするようなこと全部に手を出して…。もうその頃には志筑も、ちゃんと男の子社会に入れるようになっていたから」

「それで人形のデザイナーを」

こくりと日奈は頷く。

「日奈、僕は…」

「今夜は早く帰りたいの。雪で電車が止まるとこまるから。お母さんはああいう人だから、一人でなんか家に置いておけないわ」

巧みに日奈は僕の言葉を遮った。

告白するチャンスを失った。

また振り出しだ。

僕はただのいい人として、日奈の婚約者でいつづけるべきなのだろうか。

窓からは降りしきる雪が見える。雪は何もかもを隠してしまう。その下にどんなに醜いものがあっても、純白の白で覆いつくす。僕は嘘という雪で、何もかもを隠そうとするのだろうか。

「ごめんなさいね。せっかく素敵なホテルまで予約してくれたのに」

日奈は僕を拒絶する。言いなりになるしか、今の僕には許されないのだろう。

そうだ。ホテルまでセッティングしながら、僕は心の中に志筑をまだ棲まわせている。拒絶されても当然なんだ。

「日奈。その…今夜ここに誘ったこと…誰にも言わないでくれ」

「いいわよ」

どうしてなんて尋ねもしないで、日奈は僕の罪に自ら加担した。

立ち上がり日奈は帰ろうとする。僕は黙って伝票を手に、その後に従った。


日奈と横たわる筈だったベッドに、一人で横になる。ニュースは関東地方の大雪を伝えている。新幹線もストップしているようだった。

志筑はどうしただろう。あいつバイクだから、無事に家に戻れたかな。

僕は起き上がり、部屋の鏡に映った自分の顔を見る。

やはりそうだ。これまでは意識したことがなかったが、僕の顔はどこか日奈に似ている。お義母さんが僕らが並んでいる姿を見て、お内裏《だいり》様のようだと言ったのもあながち嘘ではない。

そうか。日奈にどこか似た僕は、志筑の理想のタイプだったのか。だから異常なまでに執着しているのだろう。志筑は執着しがちな性格だから。

その時電話が鳴った。誰だろう。まさか志筑？　そんな筈はない。あるとしたら。

『外線でございます。どうぞ、お話しください』

ホテルマンの事務的な声に続いて、日奈の緊迫した声が聞こえた。

『靨くん。悪いんだけど、今すぐに来て。今夜はお母さんも出かけてたんだけど、二人して今帰ってきたら、泥棒が入ったみたいで』

「志筑くんは？　いないの」

『いないわ。お父さん、出張で海外だし』

「警察は。呼んだ？」

『ええ…』

「今すぐ行くけど、この雪だから、少し遅れるかもしれない。警察来るまで、近所の家にでも避難してろよ」

何てことだ。せっかく用意した大阪出張のアリバイも、これで全部パアだな。仕方ないか。罪をこれ以上犯すなという天の配剤だろうから。

僕は雪だからと渋るタクシーをどうにか説得して、日奈の家へと向かう。

それにしても志筑はどこに行ったんだ。まさか僕の部屋にまだいるのだろうか。携帯に掛けてみたが、電源を切っている。僕の部屋にも掛けたが、空しく留守番電話が話しているばかりだ。

日奈の携帯に電話を入れる。

「盗まれたものは。分かった？」

『それが…御雛様を目茶苦茶にされてて』

「御雛様？」

一階の和室の雨戸をこじ開けて、ガラス戸を破って侵入したらしい。いつもならこんな時間だったら人通りもあるが、みんな雪を避けるために傘を深く被っているので、他人の家の庭先で何が行われるかまでは注意して見ないのだろう。

タクシー代。ホテル代。食事にシャンパン。愛に対する裏切りは高くつく。

携帯をいったん切りながら、僕は雪に覆われる車外の風景をぼんやりと見ながら、もうこんな入り組んだ関係は、綺麗に終わりにしようと考えていた。

二人の前から、僕が去ればいいんだ。そうすれば何もかも元通り。僕は自分を取り戻し、日奈は新しい恋人を見つける。そして志筑は。

いるさ。志筑を愛してくれる、優しい年上の男が。

あんなに美しい男だもの。セックスも巧みで、頭だって悪くはない。根性もあるし、働いたり、学習する気力にも溢れている。あんな魅力的なやつなんだから、多少性格に問題があるとしても、新しい男なんてすぐに見つかる。

今なら…辛くない。

あの部屋から志筑が消えても。

そうかな。そうさ。辛くない？　辛いもんか。

僕は自問自答する。車は遅々として進まず、思考はぐるぐる回るばかりだ。

ようやっとたどり着いた日奈の家では、警察の鑑識が文句も言わずに黙々と仕事をしていた。犯行から数時間が経っているようで、雪が肝心な足跡をすべて埋めつくしてしまったと警察官だけは文句を言っている。

「何が壊されたって」

日奈はさっき別れた時の洋服のままだ。その横では珍しくお洒落しているお義母さんが、目を真っ赤にして震えている。

「御雛様。それもなぜか女雛《めびな》ばかり」

ちらっと覗いた客間には、叩き割られた雛人形の残骸が散らばっていた。不思議なことに雛壇は無事で、他に盗まれたものもないという。

「靂さん。よく来てくれたわね。もう怖くって、怖くって」

お義母さんがまた泣きだした。

「志筑くんは…連絡ないんですか」

「ないのよ。まったくこんな時にどこに行っちゃったのかしら。携帯も切ったままで。ああでもいやっ！　変質者かしら。女雛ばかり壊すなんて。怖い、怖いわ」

「心当たりは？」

「ありませんよ。そんな変な人なんて」

お義母さんは頭から否定したが、日奈の顔色は心持ち曇っている。もしかしたら思い当たることが何かあるのかもしれない。

「安心していいですよ。僕が当分こちらにいますから。昼間は怖かったら、近所のお友達とか親戚《しんせき》の家にいればいい」

いかにも頼もしい婿のように、僕は振る舞う。彼女の息子に、毎晩抱かれているのをおくびにも出さずに。

「しかし、ひどいな」

ちょっと前までは、美しい衣装で壇上にいた女雛は、首を抜かれ、顔を割られていた。衣装は切り刻まれ、長い髪もばっさりと断ち切られている。

人形でも死ぬことはあるんだ。

この人形は二十三年という月日を、日奈と共に暮らしながら、思いがけぬ不幸で先に逝ってしまったのか。

「可哀相に…。供養をしてやらないと」

どこかの寺にでも頼んで、供養をしてやらないと、あまりにも気の毒だ。

「日奈…。日奈?」

僕の呼びかけにも答えず、日奈はある一点を注視している。そこに何があるのかとふと見ると、僕ら二人の写真が雛壇の脇に落ちていた。

「あれは…」

確か初めてデートした時に、お台場《だいば》で撮ったものだ。あんなものがどうしてここに。

「日奈。何か心当たりがあるんじゃないか」

「ないわ…。何も」

日奈が脅えている。

もしかしたら日奈は、とんでもない人物を犯人だと思っているのじゃないか。僕の脳裏にも、多分同じだろう名前が、通り過ぎては消えていく。

そんなことあるものか。

まさか…しないだろう。

でも、あいつ、志筑はどこにいるんだ。僕は携帯を取りだして、自宅の番号を押した。留守電に向かって僕はぼそぼそと喋る。

「もしこれを聞いたなら、すぐに携帯に電話して。ちょっと大変なことになってる」

だがいくら待っても、志筑から電話は掛かってこなかった。

悪夢の中にいるみたいだ。

空からは狂ったように雪が落ちてくる。道路に雪は降り積もり、前を見て歩くのがやっとの状態だった。

バイト先の面接を受けたあとで、俺はバイクを置いていってもいいかと尋ねる。この状態ではとても走れない。新しいバイト先の主任はとても親切な人で、倉庫の中に俺のバイクを置いていけるように手配してくれた。

安いビニール傘を買って、凍えるような雪の中を歩く。風が吹いているので、傘はほとんど役に立たない。すぐに革製のライダージャケットが、水を吸って重くなっていった。

街の中心部には雪で灰色に色を失った風景の中、ニュースのテロップがそこだけオレンジに着色されたように流れている。

関東地方は大雪。新幹線は現在運転中止。

靂、無事に大阪に着いたかな。土曜だけど会社には誰かいるだろう。そう思って電話を入れてみた。

「すいませんが…兵頭《ひょうどう》さんは…大阪に着かれたでしょうか」

『兵頭くん？　大阪ですか』

「出張だと伺ったんですが」

『いや。今日は休み取ってますよ。お急ぎですか』

仕事の相手だと思ったのだろう。電話の男は事務的な声を出す。

「いえ…それなら結構です」

電話を切ってから、呆然《ぼうぜん》と空を見上げる。

俺には大阪出張だと言った。着替えもバッグに詰めていたじゃないか。

嘘をついたってこと…。この俺に…。

普通の顔をして出かけていったじゃないか。いつも仕事に出かける時みたいに。

あれが全部、嘘だって言うのかよ。

二週間だ。二週間。たった二週間しか俺達の関係は続かなかった。

靂。俺を捨てるのか。日奈のために。

それとも他に男がいるのか。いたらそんなやつ、今から行ってぶん殴ってやる。

いや、男じゃない。靂には俺以外に男を作るなんて勇気はない。自分の魅力さえよく分かってないような男に、俺や日奈以外の相手を誘う勇気なんかあるもんか。

日奈だ。

あいつ…日奈の元に逃げ帰ったんだ。

目の前の交差点を、チェーンをつけたタイヤが耳障りな音をたてて走り抜ける。雪に足を取られて歩く人の動きは緩慢で、スローモーションの白黒映画を見ているようだ。

雪が音を吸い取るというのは本当なのだろうか。夕方が近づいている街は静かで、傘に当たるさらさらという雪の音ばかりが耳に響いた。

日奈。これまでのことはすべて謝るよ。みんな俺が悪かった。いつでも日奈のものを盗った。断りもせずに勝手に使い、ぼろぼろにして返した。返せばまだましな方だ。そのままどこかになくしてしまったものだってたくさんある。

ねぇ…何万回でも謝るよ。

だから…靂を返して。

靂だけは…いくら日奈のものでも譲れないんだ。

愛してるんだよ。

たった二週間。嘘で塗り固められた二週間。それでもどんなに俺が幸せだったか分かるか。

嘘つきな靂。愛してもいないのに、どうしてあんなに優しかったんだ。優しさはそれだけで罪なんだよ。分かる? 俺みたいな男にとっては、僅《わず》かの優しさイコール愛情の深さになっちまうんだよ。

交差点の信号が赤から青に変わる。人々はいっせいに歩き始める。

俺は…どこに行こうとしているんだろう。この交差点を渡って、それからどこに行くんだ。靂の家に戻っても、あそこには誰もいない。自分の家に戻ったら、日奈に会わないといけない。恐らく正式にプロポーズされ、結婚の日程を詳しく決めてしまった日奈と会うんだ。のろのろと俺は歩きだす。交差点の真ん中で、ついに俺は携帯を手にしていた。

短縮番号を押す。相手はすぐに出た。

『志筑…今どこにいるの？』

日奈だ。

「外…にいる」

立ち止まって電話に出る。すると左折してきた車が、慌ててブレーキを踏み、びしゃっと溶けた雪が俺のジーンズにかかった。

「バイトの帰りだよ」

運転手を睨《にら》みつけてやりながら、わざとゆっくり交差点を渡る。すでに信号は変わっていて、俺の後ろにはもう誰も歩いていなかった。

「日奈…俺…どうしたらいいのかもう分からない…」

『今から言うこと聞いても、怒らないって約束して』

「何も言われてないのに、怒れないだろ」

『靂くんと…新宿のホテルでこれからデートなの…』

「何で…俺が…日奈が婚約者とデートするのに怒ると思うんだよ」

渡りきった交差点の先には、巨大なデパートが聳《そび》えていた。ウインドウの中はすでに春で、少し色目を抑えたパステルカラー、今年の流行色ってやつが溢れている。俺はそのウインドウに寄りかかり、雪で重くなった傘に隠れて泣いた。

新宿のホテル。今から電車で行こうかな。そこで靂を捕まえて、殴ってでも連れ戻す。するのは簡単だ。でもそんなことしたら、靂は二度と俺に優しく微笑んではくれないだろう。

『志筑…落ち着いて。いい、よく聞いて。あたしは…靂くんとは寝ない』

「日奈…」

『駄目よ。諦めたら駄目…』

「知ってたんだ…。いや…違う。もしかしたら日奈…俺のために…」

『もっと大人になりなさい。許せるだけの強さを持って』

「…許すって…」

『逃がしたら駄目なのよ…。それには…何度でも許すの…』

そこで突然電話は切れた。

日奈の元に逃げ帰った靂を、許せって言うのか。

これまで何度も、日奈が俺を許してきたように。

いいよ、靂を許そう。だから新宿のホテルまで追いかけるような馬鹿な真似はしない。

日奈が靂とは寝ないって約束してくれたんだ。また靂に会った時も、殴ったりしないって約束するよ。

いい子にしてるよ。靂を取り戻せるなら、どんなことでも我慢する。

だけど辛いんだ。

もう分かってる。日奈は俺のために靂を選んだんだろう。俺が奪うと確信して、俺好みの男を連れてきたんだ。

なのに日奈。お前は肝心のことを忘れてるよ。日奈、自分がどんなに魅力的な女か分かってるか。俺みたいなわがままな男よりも、ずっと大人の日奈の方が靂には相応《ふさわ》しいって、自覚はないのかよ。

おもちゃを奪うように、簡単にはいかないんだ。

靂はまだ日奈を愛してる。二週間、頑張ったけど駄目だったんだ。靂の中から完全に日奈を消すことができなかった。

俺は負けたんだよ…日奈に。

優しさは罪なんだ。日奈のその優しさも罪だよ。俺に対する愛情から、自分を犠牲にして男を選んだつもりになって、自己満足しているだけだ。

結果選ばれたのは日奈なんだぜ。

俺じゃない。

憎みたくない。日奈も靂も…憎みたくないけど、今、俺の心の中は憎しみでいっぱいだ。

いっそ何もかも壊れてしまえばいい。日奈も靂も、傷だらけになって苦しめばいいんだ。

辺りはどんどん暗くなる。広告塔に電気が灯《とも》り、街は急激に色を取り戻しつつあった。雪にも消されない人工の毒々しい明かりが、これは悪夢じゃない。現実なんだと俺に教えてくれる。

どこかにこっそりと隠れよう。

そうでもしないと、誰かを傷つけてしまいそうだ。

靂の優しさが欲しい。嘘でもいい。あの優しさだけが、俺をまともな人間に戻せるような気がしていた。


翌日、日奈は、気丈にも朝早くにちゃんと起きて出社した。昨夜は三人で、夜遅くまでかかって雛壇を片付けたりしていたので、ほとんど眠っていないだろう。日奈が玄関を開けると、外のあまりの眩《まぶ》しさに、送りだそうとしていた僕も目を細める。

雪は止み、辺り一面が朝日を受けてきらきらと輝いていた。子供時代によく夢見た、目覚めたら銀世界という驚きの風景がそこにある。

だが大人になると雪は迷惑なだけだ。表通りはもうほとんど溶けていて、行き交う車のタイヤがたてるびしゃびしゃという耳慣れない音が聞こえた。

「帰りは駅まで迎えに行くから。着く前に電話して」

「ありがとう。…靂くん。ごめんね。せっかく休みまでとってくれてたのに、昨日は…一方的に断ったりして。なのにまた呼びつけたりして、あたしって勝手よね」

「いいよ。そんなことは。それより本当に気をつけた方がいい。最近変な事件多いから。お義母さんのことは、心配しなくていい。僕が一日ついてるから」

「うん…」

日奈は底の厚いスニーカーを履いて、滑らないように気をつけながら家を出ていった。

僕はお義父さんの長靴を借りて、家の前の雪かきをする。隣近所でも同じようにやっている人がいた。見慣れない男の姿に最初は不審そうにしていたが、日奈の婚約者だと名乗ると、途端に親切な態度に代わった。

日奈の婚約者は笑顔で受け入れられる。だが志筑の恋人だと名乗ったら、彼らは僕にどういった態度を示すのだろう。

僕には大きめの志筑の服を借りて、久しぶりに全身に汗をかきながら、どうせ午後には溶けてしまうだろう雪をせっせと積み上げる。ついでに小さな雪だるまを作って、塀の上に飾っておいた。

気が高ぶっていたので、薬の力を借りて眠っていたお義母さんは、陽《ひ》が大分高くなってから起き出してきた。

「お后と官女を亡くして、気の毒よねぇ。残りも全部、始末した方がいいかしら」

和室には、三月三日を待たずに箱詰めされた御雛様が置かれていた。その横の段ボールの箱には、四体の殺された雛人形が入っている。

「後で僕が、岩槻《いわつき》にある人形供養を専門にやってくれてるお寺に、収めてきましょうか」

「そうしていただける。もう何ていうのかしら。触るのも嫌な気持ちなのよ」

キッチンに座り込んだお義母さんは、急に何歳か老け込んでしまったようだ。

「結婚前の大切な時に…。靂さん。日奈は何も言ってくれないんだけど、もしかしたらあの子。以前に何かあったのかしら」

信頼を込めた眼差しを向けて、お義母さんは僕に尋ねた。

言われて僕は当惑する。そういえば日奈の昔の男の話なんて、一度も聞いたことがない。つまらない嫉妬はしたくなくて、わざと聞かなかったのだろうか。それとも僕は、日奈の過去には興味がなかったのだろうか。

自分の気持ちの不確かさを追及されたようで、気分はまた重くなる。

「あなたには、話してない?」

「何も…」

「大切に育てたつもりだけれど、どこかで間違いでもしたのかしらね。子供って言っても、もういい大人だし…どこで何があったか分からないもの」

「もしあったとしても、僕の気持ちに変わりはないですから」

それしか言える言葉はなかった。

日奈もみんなに嘘をついているのか。

僕も嘘をついている。

そして志筑も。

皆同罪だ。いや、僕が一番罪深い。人がいいお義母さんまで騙《だま》そうとしているんだから。

夜になって日奈を駅まで迎えに行った。早い時間から吹き出した冷たい風のせいで、陽光によって溶かされた雪が再び凍りだしている。僕は手袋をしていない手を、ポケット深くに差し込んで震えながら日奈を待った。

駅の改札に溢れる人の中に、日奈の明るいコートを捜した。借り物の志筑のジャンパーにはあいつの匂いが染み込んでいて、一人で待っている間中ずっと、思い出したくなくてもやつを思い出してしまう。

二日、その顔を見なかっただけなのに、僕は志筑に会いたかった。日奈とは何週間会わなくても、これ程の寂しさを感じたことはない。

本当に別れられるのかな。自信がない。志筑にまた抱かれたら、二度と離れたくないと思ってしまうんじゃないだろうか。

あんまり志筑のことばかり考えているせいだろうか。目の前に人待ち顔で立っている男の後ろ姿が、なぜか志筑のように思えて仕方なかった。コートのフードを目深く被っているので、顔はまったく見えないが、背の高さといい、肩幅の広さといいとても似ている。

電車が到着した。改札口はどっと人で溢れかえる。日奈の方が僕を見つけてくれるだろうと、ぼんやりしていたら目の前にいた男が歩きだした。

いいな。あいつは相手を見つけたんだ。僕はまだだっていうのに。

大股な足取りで男が去ってからしばらくして、突然女の悲鳴が聞こえた。

僕は慌てて走りだす。

まさか…日奈。

さっきの男が凄《すご》い速さで、僕の脇をすり抜けていった。驚いて一瞬振り返る。見えたのは薄汚れたコートの後ろ姿だけ。

追いかけた方がいいのかなとも思ったが、それよりも日奈が無事かどうか確認する方が先だ。

「日奈っ！」

人だかりができていた。その輪の中心に駅員がいて、腕を取られているのは明るい色のコート。やはり日奈だ。

「どうしたんだっ、日奈」

僕は不安そうに立ち止まる人々をかき分け近づく。

日奈の顔、左半分からコートの上半身まで、強い異臭のする液体が飛び散っていて、日奈は手で顔を覆って呻《うめ》いていた。

「救急車。すぐに救急車をっ」

駅員はそう叫びながら、トイレに日奈を連れていこうとしている。

「何が、何があったんだ」

トイレの水道で洗われている日奈の顔を見て、僕は言葉を失った。あの美しかった顔には、瞬時に醜い火傷のケロイドのようなものが広がっていたのだ。

「何があったんですか。彼女を迎えにきたんだけど…」

「大柄な男が、いきなり隠してた薬を振りかけたんですよっ。あっと言う間で。お嬢さん。しっかりしてくださいね。救急車が今、すぐ来るから」

駅員も今見たばかりの光景に興奮している。僕は背後に回って、駅員とともに日奈を支える。鮮やかな色だったコートは、茶色く変色して嫌な匂いをさせていた。

「日奈、しっかりして…日奈」

痛みに呻く日奈は、僕を見ても何も言わない。

「犯人は誰なんだ。顔、見なかったのか」

小さく日奈は首を振る。それが精一杯の答えだった。

救急車のサイレンが近づいてくる。それに続いて警察のパトカーも到着した。駅前は騒然とした雰囲気になり、人々は僕の腕の中から救急隊員に奪われていく日奈の様子を怖々と見守っている。

僕は日奈と一緒に救急車に乗り込み、震える手でお義母さんに電話していた。

日奈はそのまま入院した。今夜はお義母さんが付き添っている。

僕は日奈の家に一人でいた。家も狙われる可能性があるからだ。

しかしどんなに謝っても、謝りたりない。守らないといけなかったのに、守り切れなかった。迂闊《うかつ》だった。まさかあんなに人の多い所でやるなんて。

だが誰にもどうすることもできなかった。男は日奈が改札を出て、自動改札機から定期を取ろうとした瞬間。ポケットに隠し持っていた液体を、いきなり顔面に振りかけたのだ。たとえそこに僕がいたとしても、あの人混みでは完全に阻止できたかどうか。

男を取り押さえられなかったのは、確かに僕の落ち度だ。けれど僕は…あの場でも男を押さえられたかどうか自信がない。フードを外して現れた顔が、もしかしたらあいつかもしれないと思ったら、僕は進んでやつの逃走を見逃しただろう。

志筑が怖い。

何をするか分からない、あの激しさが僕は怖い。

彼ならやりかねないと思うのは、僕の考えすぎだろうか。

玄関の開く音がする。居間でテレビを見ていた僕は、急いでスイッチを切った。

「誰…」

聞くまでもなかった。居間のドアを開いた長身の影は…志筑だ。

「どこに行ってたんだ。連絡もつかないで、こまってたんだぞ」

志筑は答えない。じーっと僕を見ているだけだ。

「いない間に何があったか…」

「知ってる。もう病院には行ってきた」

それなら大阪出張の嘘も、ばれてしまったってことだろう。いや、とうに気がついていたのかもしれない。それであんなことを…。

「志筑…。僕にだけは本当のこと話してくれ。もしかしたら…君…」

言わないつもりだった。だが何を焦ったのか、僕は思わず口にしていた。

「日奈に…日奈に何をしたっ」

志筑は笑った。ふてくされたような笑いだ。以前もよく、こんな顔をして笑って僕を見ていたが、ここ数日の甘い関係になってからは、一度もなかったのに。

二人掛けのソファに座る僕の前の椅子に、志筑はどかっと腰を下ろす。

「それより靂。大阪はどうしたんだよ。新幹線止まってたのに、よく来られたな」

「あれは…嘘だ。新宿で日奈に会ってた」

「どうして…嘘なんてついたんだ」

「日奈に会うのを、君が許さないと思って」

「ふーん…」

志筑は煙草を咥《くわ》えると、ゆっくりとした動作で火を点《つ》ける。まるで僕なんかよりも、ずっと大人の男のように落ち着いた仕草だ。

「いやんなるくらい、嘘つくのうまいよな」

「そういう男なんだよ、僕は。だからもう、僕のことなんて忘れた方がいい…」

「逃げるんだ？　俺達から」

逃げられるものなら、逃げてしまいたい。なのにそれすらできないんじゃないか。

「靂。俺には何してもいいよ。恨むんなら、俺を恨めばいいじゃないか。どうして日奈を傷つける。そうすれば俺が一番苦しむと思ったのか」

「何を…言ってるんだ」

志筑の言っている意味が分からない。

「僕が何をしたって」

「ざけんなよ。誰を使ったのか知らないけどさ。いい手だよな。自分には完全なアリバイがあるんだから」

「志筑。誤解だ…。それとも君は、僕のせいにして逃げるつもりなのか」

「何を言ってるんだ？」

「とぼけるなよ。君こそどこにいた。携帯は切ってあるし…家にも帰ってない。僕は、しっかりと見たぞ。駅前にいたあの男。日奈を襲った犯人は、背が高くて…」

僕らはテーブルをはさんで睨み合った。

「俺がやったと思ってるのか？　冗談じゃない。俺はな。靂が大阪に行くなんて、あんまりふざけた嘘つくから、腹が立って飲んで暴れてたんだよっ」

「証拠は？」

「あるさ。何人も殴ったからな」

本当だろうか。たとえそれが本当だとしても、今すぐ確かめることはできない。僕は警察官じゃないんだから。

「帰ろうと思ったら、電車は止まっちまうし。タクシーに乗る金はないし。携帯のバッテリーは切れちまうしで、いいことなんて何もなかった。靂のせいだ。俺を…捨てようなんてするから」

「僕のせいにするんだ」

「だって俺達を捨てるつもりだったんだろう。お前、ずるいからな。誰かに頼んだんだろう。日奈が傷ものになれば、婚約は解消できる。日奈をこれ以上傷つけたくないからって、俺があっさりと靂を諦めるとでも思ったのかよ」

「冗談じゃない。君こそ、僕がまた日奈のところに戻るのを恐れて…あんな馬鹿な脅しを」

誰か真実を教えてくれ。

志筑じゃないとしたら、犯人はいったい誰なんだ。

いつまで僕らは、この堂々巡りの無駄な口論を続けないといけないんだ。

「日奈とは…寝たのか？」

「いや。あっさりと断られたよ。僕は日奈を抱いて、男としての自分を取り戻したかったんだ。でも振られた。笑えばいいさ。無理もないよな。駅まで迎えにいったのに、守ってやることもできなかった。情けない」

「日奈じゃないと駄目？　俺じゃ、どうしても嫌なんだ」

志筑は悲しそうな顔をする。そんな顔をすると、まだ少年のように見えるから不思議だ。さっきまではあんなに、大人の顔をしていたのに。

駄目だ。ここで引きずられたら、また振り出しに戻ってしまう。

僕らは別れないといけない。日奈のために。

「志筑…。もう終わりにしよう。これ以上、嘘をつくのに耐えられないんだ。日奈の面倒はちゃんとみる。きっと幸せにするって約束するから」

「俺は…どうするつもり？　俺の幸せは考えてくれないんだ」

「男だろう。自分で自分の人生くらい」

「それじゃ靂の幸せは？　日奈と結婚したら、本当に幸せになれると思ってる？」

「だって日奈が…あのままじゃあんまり可哀相だ」

薬品で焼けただれた顔は、植皮すればどうにかなるとは言われた。だが完全に目立たなくなるまで治るには、何年もかかる。その間に、日奈の一番美しい時間は、どんどん失われていくのだ。

「日奈に対して、僕は責任がある。信じてくれ。僕は絶対に、別れるために小細工なんかしていない」

「じゃ…俺のこと、嫌ってるんじゃないんだ」

「…嫌いじゃない。ただ怖いんだ。志筑の思い込みの激しさが、僕は怖い」

嘘はもうつかない。

これが僕の本音だ。

志筑が怖いだけじゃない。僕は…志筑を愛して、そして捨てられるのが怖いんだ。

「君が僕を奪い返すために、日奈に…あんなことしたんじゃないかって…疑ってる」

「もし俺がやったって言ったら？　それでも俺を嫌わない？」

志筑は突然立ち上がった。ドアは一つ。逃げ道は他にない。

「志筑が…やったんだ」

「答えになってない。ちゃんと答えろよ」

「嫌いにはなれないだろうな。このまま続いたら…僕はきっと…いつか君を、日奈よりも愛してしまいそうで…怖いんだ」

近づいてくる。志筑を振り切って、この部屋から逃げだせ。

できない。

僕は…志筑の前では無力だ。

「怖がらなくていいよ。俺は、靂が好きなんだから。靂しかいないんだ。俺が愛せるのは」

志筑は僕の横に体を投げだした。そして強く僕を抱きしめる。

「靂だってそうだろう。この体…もう、俺じゃないと駄目なんだろう。そうだって…言えよ」

唇が押しつけられる。僕は抵抗しようとして、無駄だとすぐに悟った。

「志筑…僕を捨てないって約束して。君をこれ以上愛したら…別れられる自信がない」

「別れなければいい。約束するよ。俺は裏切ったりしないから」

広い肩に腕を回した。

僕を手に入れるためなら、自分の姉さえも傷つける男かもしれないのに、抱かれた途端、僕は志筑を求めてる自分に気がついたんだ。

「もうあんなこと、二度としないで…」

「あんなことって」

慌ただしく僕の服を脱がせながら、志筑はまだとぼける。

「日奈を…苦しめるようなことは」

「俺じゃない。新幹線が止まりそうだって聞いて、靂の会社に電話はしたよ。出張が嘘だって分かったから、すぐに日奈に電話したけどな」

「日奈は…教えたのか」

「ああ…。そして約束してくれたよ。靂とは絶対に寝ないって」

志筑はまた笑っている。

謎は増えていくばかりだ。

日奈は知っていたのか?

僕と志筑がそうなってるって。知っていて、なぜっ。

「何だって…日奈がそんなこと言ったのか」

「分かっただろう。靂はもう俺達のものなんだ。俺たち姉弟のものなんだよ。日奈に遠慮することはない。だからさ。逃げようなんて考えるなよ」

居間のソファの上で、僕は大きく足を広げられていた。すぐにそこに志筑の顔が被さる。快感の波に翻弄《ほんろう》されながら、僕はこの家の歴史を物語る、家族の写真がずらりと並んだキャビネットを見つめる。

まだ幼い日奈。短い髪をして、まるで男の子みたいだ。その体に腕を回して笑っているのは、今の志筑からは想像もつかない、愛くるしい顔立ちの志筑。

「志筑じゃないんなら、誰が日奈を…」

「日奈にだって、靂には話してないことがいっぱいある。俺は…嘘はつかないよ。だから靂も俺にだけは嘘をつくなよ」

「嘘をつかないんなら教えてくれ。僕は…日奈の代わりなのか」

「代わりなんかじゃない…。俺だって、日奈を抱くことはできないさ。今は…靂だけ」

僕は優しく志筑の髪を撫でた。すると志筑の唇は、さらに優しさを増して僕に奉仕する。

「志筑…」

二日ぶりに抱かれて、僕はどんなに志筑にこの体が慣らされてしまったか、思い知らされた。体の芯《しん》から蕩《とろ》けるような快感が次々と湧き上がってくる。僕の手はいつの間にか強く志筑の頭を抱き寄せ、足はその肩に乗せられていた。

志筑が欲しい。荒々しく犯されたい。志筑のもので埋められたい。

分かってくれたんだろう。志筑は指を僕の中に入れて、ゆっくりと動かし始める。奥まで深く抉《えぐ》るように入れて、一番弱い部分を刺激してきた。同時に二ヵ所を攻められて、閉じた目の中に、見えるはずもないのに、赤や黄色の光が瞬く。

日奈はすぐ近くの病院にいるのに、僕の頭からじょじょにだが消え始めている。代わりにどんどん志筑の存在が大きくなって、僕の中で膨らんでいった。

「…いい…」

思わず甘いため息を漏らす。志筑の唇には愛が溢れていて、僕はすぐに高みにと昇った。

「日奈は…僕がこんなことしているのを…知っていて…許したのか」

電話をしても、メールを送っても、曖昧《あいまい》な返事しか返ってこなかった理由はそれなのだ。日奈は志筑が僕の家にいると確信していたのだろう。

「こんなになってる」

志筑は恥ずかしいほど膨らんだ、唾液《だえき》で濡れた僕のものをさすりながら、確かめるように僕を見た。

「これでもまだ日奈を抱きたい?」

「無理だよ。僕には…もう無理だ」

柔らかい日奈の体。たとえ全裸で目の前にあっても、僕にはもう抱けない。

分かってるさ、そんなことは。なのに日奈を誘った。だからか。あんなことになってしまったのは。

「今度は…靨がして」

志筑は僕をソファから追いだして、大きな体を代わりにそこに投げだした。してもらったことはもう何回もあるけれど、してやるのは初めてだ。

志筑は僕の誠意を、そんな形ででも試そうとしているのだろうか。一度でもしてやったら、これからはずっと要求されるのだろう。これを許したら次は…。そうやって深みにはまってしまったら、もう僕は、二度と女性をセックスの相手として選べなくなる。

それでもいいんだ。

自分に嘘をつくのはもうやめたんだから。

日奈を本当に愛していたのかどうか、自信がなくなった。日奈が欲しかったら、いくらでもチャンスはあったのに、僕はいつもいい人の仮面を被りつづけていた。それは幸福な結婚の対象としてしか、日奈を見ていなかった証拠じゃないのか。

志筑の股間に顔を近づける。僕よりもずっと男らしいのは、外観だけじゃない。その部分も僕よりずっと男らしい。

初めて口に含んだ。

そんな僕を、志筑はじっと見下ろして反応を窺っている。

できなかった。


「歯、立てるなよ」

「んっ…」

「うまいじゃない…。靂は…優しいから好きだ。俺、甘ったれでガキだからさ」

そんなことはない。十分に大人の威圧感があるさと言ってやりたかったけれど、喋《しゃべ》ることはできなかった。

「俺、靂とずっと暮らしたい。いいだろ？」

「んっ…」

口の中が志筑で溢れそうだ。でも知らなかったな。口の中にも性感帯はあるんだって。それとも相手に奉仕していることが、快感を刺激するのだろうか。

僕は夢中になってる。志筑を味わいつくそうとするかのように。僕自身には分からなかったけれど、きっと日奈には見えたんだ。いつか僕が志筑に慣らされて、こういう行為を喜ぶようになると。

「初めて？　それにしちゃうますぎるな。もし前に男がいたんなら、早く言えよ。後から前の男なんてのが出てきたら、俺、何するか分からないよ」

「…いない。そんなのは」

僕は抗議の意味も含めて口を離した。

「自分はいたくせに」

「いたけどさ。どれも長続きしなかった。きっと靂に会うために、場所を空けとけって、そういうことだったんだろ」

幸せそうに志筑は言うと、立ち上がって僕を改めて床に押し倒した。

「ここで…」

「嫌か？　でも誰もいないよ。お袋も日奈も病院だし。俺達だけさ。今、ここにいるのは」

それだけじゃない。

喪に服している十一人の物言わぬ人形が、隣の和室で息を潜めている。后《きさき》を失って悲しむ帝《みかど》を、右大臣は必死になって慰めているのだろうか。それとも右大臣は、志筑のように完全に愛する男を手に入れて、幸福に酔いしれているのだろうか。

「日奈と結婚したければしてもいい。でも…寝室は永遠に別だ。三人で暮らそうか。それでも俺はいいよ。靂が、俺だけを愛してくれれば」

甘ったれの子供は、子供らしくない力強さで僕の体を開くと、そこに熱い愛の固まりを、一気に深々と挿入した。

「あっ…ああ」

床に俯《うつぶ》せになった姿で、背後から犯される。何日も離れていたわけではないのに、志筑のものも僕同様、いつもよりずっと堅さを増していた。

「辛かったんだ。新宿のホテルまで、靂を連れ戻しに行こうかと何度も思ったけど、我慢したんだぜ」

「ああっ…」

「日奈は…約束守ったんだな」

僕のものを触れれば、結果がどうだったかは分かるだろう。志筑にいたぶられるのを待ち望んでいたかのように、僕のものは震えていた。

「志筑を…誰よりも愛してたのは…日奈だ」

言ってからなぜか涙が出た。涙は止まることなく流れてきて、ついに志筑の手を汚した。

「靂が泣くことはないじゃないか」

僕の体の向きを変えると、志筑はそこを繋げたまま僕を強く抱く。

「ごめんね…日奈。僕が…志筑を盗ったんだ」

痛さと辛さを含んだ快感の中で、僕は幼い志筑の叫び声を聞いたような気がする。

『日奈。僕にそれちょうだいっ』

と、無心にねだっている声を。

『またストーカー事件です。帰宅途中の女性が、塩酸をかけられるという悲惨な事件が起こりました』

テレビ番組が、突然例の事件を始めたので、僕は病室のテレビのスイッチを切った。

「あら、いいのに。おもしろいわよ。自分のこと、勝手に報道されるのって」

顔の左半分を、包帯で覆われた日奈は笑う。

「嫌だろう。警察は必死で犯人を捜してるみたいだけど…まだ捕まってないし」

「昨日刑事さんに何もかも話したから、じきに捕まるわ。前科あるやつだし…隠れる所なんてそんなにあるような男じゃないもの」

淡々と日奈は語った。

病室は贈られた花でむせかえるようだ。一つならさほどでもない花も、こんな数になるとさすがに匂いがきつくなる。中には桃の花もあって、僕はお義母さんのことを思って少し悲しかった。

「今日、志筑と一緒に、御雛様…供養してきたよ」

「そう。ごめんなさいね。新企画で忙しい時なのに」

「女雛だけ新しいのを買ってこようかと思ったけど、お義母さんがそれはいやだって」

「でしょうね。再婚するみたいで、変かもしれないわね」

今日も僕は仕事を休んだ。風邪とかいう嘘もつけたが、婚約者の女性がストーカーの被害を受けてと、ありのままを上司に告白した。事件はもう何度も報道されていて、誰もが知っていたせいか、僕は温かい励ましの言葉と一緒に、数日分の休暇を手に入れてしまった。

嘘はつかない。そうやって生きることにしたんだ。これからはずっと。

「志筑とのこと…知ってたんだ」

ついに僕は核心に触れる。

病室は個室だ。だからここで二人きりの時は、どんな話をしても聞かれる心配はない。お義母さんは家に帰り、志筑が今は彼女についている。今一番ショックを受けているのは、当事者の僕らではなくお義母さんの筈だから、誰かが側にいてあげないといけない。

志筑は今はいい息子の役をやっている。僕がここでいい婚約者の役をやっているように。

「知ってたんじゃないわ。…最初から、志筑にあげようと思って、靂くんを誘ったの」

「……」

やはりそうだったんだ。

今さら聞いても驚かない。僕らは日奈の思う通りに、人形遊びの人形のように忠実な役割を演じていたんだ。

「仕事で何回か会ってるうちに、あなただったら、絶対に志筑が愛するだろうって、確信がもてた。靂くんは…優しいから、あんなわがままで子供な志筑でも、きっと受け止めてくれるだろうって思ったの」

「君の思った通りになったね。満足？」

「ええ…。でもひどいことした罰はちゃんと受けたわ。昔の男が、まさかこんなことしてくるなんて、思わなかった」

「僕は…志筑を疑ってた。新宿に日奈を誘いだしたから、それで…」

「やりかねないわね。あの子なら…」

日奈はサイドテーブルの上に置かれた、手鏡を取って顔を映す。そんなことしたら、傷つくのは自分だろうに。

「似てたのよ、その男。志筑にとても似てた。格好もだけど、子供っぽいとことか、思い詰めるタイプだとか、ともかく似てた。でも…志筑を愛したみたいには、愛せなかったの」

自虐的に日奈は、包帯を持ち上げて顔の傷を確かめる。白い布の中に、驚くほど醜い引き攣《っ》れが隠されていて、僕の胸は痛んだ。

「別れる時が大変だったなぁ。男作ったら殺してやるとか、散々脅かされて…。悔しいからさ、大麻やってるの知ってたから、警察に通報してやったの。匿名ってやつで。ひどいでしょ。あたしって本当は、そういうひどい女なのよ」

さばさばと日奈は語る。これが日奈の本音なのだろうか。そういえばこんな彼女を見るのは、初めてかもしれない。

僕が知っていたのは、あくまでも穏やかな日奈。男達のすべてが、妻として待ち恋《こ》がれるような女だった筈だ。

「なのにまた公園に呼び出されて…」

「この間、僕が君の家に行った時？」

「そうよ。新しい男ができたって、誰かに聞いたみたいで、確かめに来てたのよね。運が悪かったなぁ。ごまかしてたとこに、靂くんが来ちゃうんだもん」

日奈は無理して笑った。その笑顔は痛々しい。

「志筑が、ゲイになったのもあたしのせいかもね。あたし…志筑が他の女にとられるの、許せなかったから…」

「男だったらいいの」

「誰でもいいわけじゃないわよ。靂くんは、そういう意味で理想だった。お父さんにもお母さんにもよくしてくれたし…まるで家族みたいで…」

「志筑を…本当に愛してたのは君だったんだ」

「そうよ…」

そこで初めて日奈は泣いた。顔を両手で覆っているが、震えた肩を見れば分かる。

「あたしにも、モラルはあるから。志筑を抱くことはできないもの。志筑だって、絶対にそんな馬鹿はしないわよ」

僕は座っていたつき添い用の椅子を立ち、ベッドの端に座った。そして日奈を抱きよせる。

僕を裏切った女なのに、なぜか憎しみはなくって、哀れみだけを感じていた。

「僕が志筑を愛したら…君は僕を憎むかな」

「ううん。志筑には、誰か優しくしてあげる人が必要なの。あたしがそれをいつまでもしてたらいけないのよ。あの子も、大人にならないと…」

「彼はもう大人だよ。君が思ってる以上に」

心の不安定さがなくなったら、志筑はもっといい男になるだろう。これから社会に出て、本当に男として生きていくようになったら、彼の本来の力はきっと発揮される筈だ。今はまだ子供じみたところがあるけれど。

そうなったら今度は僕が彼を追うようになるのだろうか。彼がしてみせたような、狂的な執着を見せて。

「日奈。君さえよければ、結婚…しないか」

日奈は驚いたように顔を上げた。僕はティッシュを引っ張り出して、その顔の涙を拭《ぬぐ》う。

「どうして…」

「セックスレスになるだろうけど、僕はきっといい夫になるよ。そうすればご両親も安心するだろう。永久じゃなくってもいいんだ。君に本当に好きな相手が現れたら、いつでも別れてあげる」

「そんなの、変よ。靂くん、それじゃあまりにも自分をなくしてるわ」

「僕はそういう男なんだ。そこが良かったんだろ」

「駄目。そこまで甘えたくない」

「僕は君以上にずるいんだ。傷ついた君と結婚してあげる、良い人ってやつで自分を売りたい」

それは本音だ。

でももう一つ本音がある。

僕はずるい。この傷だらけの日奈を、僕はまだ心のどこかで愛している。

志筑を愛するのとは違う。もっと広い意味で、人間として僕は日奈を見捨てることができない。

それが僕の優しさかどうかは分からない。でも今僕まで失ったら、日奈には何が残るんだ。

「僕を夫としてじゃなく、兄弟として迎えてくれないか。三人でうまくやっていこうよ。正直言ってさ。僕にはまだ自信がないんだ。あの志筑を、うまく育ててやれるかどうか」

「靂くん…それで本当にいいの」

「うまくいく保証なんてないけどね。しばらくはうまくいくさ。僕も、志筑も、日奈も、もっと大人になったら、違う生き方を選べるかもしれないけど、今は不安ばかりだから」

愛し方が分からない。愛され方も分からない。

でも僕らは大人になってしまった。戸籍の上だけで、大人と判断されている。

一人じゃ不安だ。二人でも…不安だ。けれど三人になったら、きっともっとうまく大人になっていけると思う。

僕はずるい？

ずるいんだろうか。

「新しい御雛様、プレゼントするよ。誰も見てない時にさ。右大臣を后の場所に飾っても文句言わないなら」

「なに、それ…」

「おもしろい夢を見たんだ。その話、聞きたくない？」

僕は笑顔で日奈に告げる。日奈もつられて笑顔になった。

その体を優しく抱く。志筑とは明らかに違う、柔らかい体。けれどもう性欲は湧かなくて、ただ愛しいと思う気持ちだけが、心の奥から溢れ出していた。

事件から数日後、犯人は逮捕された。大麻所持の前歴がある、日奈《ひな》が以前付き合っていた男だった。

自称俳優だが、所属していた小劇団に顔を出すこともなく、定職にも就かずギャンブルでその日暮らしをしているような男だ。

「何て言ったらいいのかしら。恋愛の下手な人間っているのよ」

一回目の植皮手術を受け、二週間ぶりに退院した日奈は、すっかり元気になっている。幸い冬で厚着をしていたので、薬液は日奈の顔を焼いただけだった。

その部分に白いガーゼを貼《は》っただけで、日奈は堂々と顔を外気に晒《さら》して外出している。

冬は終わろうとしている。三月の暖かい陽光が、のんびりと歩く僕と日奈の上に降り注いでいた。梅は終わり、桃だろうか。可憐なピンクの花が寺院の庭先を彩っているのが見える。

緑は濃さを増し、じきに桜が本当の春の到来を告げるだろう。

「恋愛が下手って?」

僕は大分時間をおいてから、日奈の言葉に間の抜けた質問をする。日奈は穏やかな坂になっている道を、弾むような足取りで歩いていた。

「駄目な人間ばかり好きになるの。この人はあたしがいないと駄目なのよーって、ついついずるずると引きずられて、気がついたらお金も貢いで、体も差しだして。心も支配されてぼろぼろになってるの」

「君らしくないよ」

速い日奈のペースについて歩くのは大変だ。僕は息を切らせて足早に歩く。

「そうよ。らしくないわよね。あたし達姉弟は似てるの。好きになると、冷静さを失ってひたすらあがくだけ」

「志筑《しづき》も…」

「いやね。靂《れき》くん。声に棘《とげ》がある」

「そんなこと…ないさ」

言われて僕はうろたえる。確かに志筑の名前が出て、僕が不安になったのは事実だ。

志筑とはこのところあまり会っていない。お義母《かあ》さんをあの家に一人にしておくわけにはいかないだろう。お義父《とう》さんは急いで帰国したが、仕事があることには変わりないのだ。

バイトも始めて忙しい上に、いい息子でいないといけない。志筑、苦労してるだろうな。

「ちょっと意地悪しちゃおっと。志筑ね。これまで二回失敗してるのよ」

「何を?」

「恋愛」

僕はまた渋い顔をする。そんな話は聞きたくないと言えばいいのに、やはり聞きたい気持ちになるのはどうしてかな。

「あたしのせい？　それって自惚《うぬぼ》れかな。気がついた時には、志筑の恋愛対象は男性だったの。それも優しい」

「お兄さんタイプ」

僕は速すぎる日奈の手を引いた。そしてそのまま日奈と手を繋《つな》いで歩く。嫌ではないのか、日奈は歩調を弛《ゆる》め、僕と恋人同士のように仲良く並んで歩いた。

「見ていて可哀相になるくらい、真剣だった。でもうまくいかないの。あの通り、しつこいでしょ。相手に余程包容力がないと無理なのよ」

「僕にはないな。包容力なんて」

「嘘よ。靂くんはないふりしてるだけ。あなた優しそうな顔してるけど、結構ずるいし、うまく立ち回る要領もあるし、大人だわ」

「ひどいな」

ついに僕は笑った。おかしなもので、日奈にだとずけずけ言われても怒る気にはなれない。

「怒らないでね」

「何を怒るの」

「志筑を…愛してたから…これ以上傷ついた志筑を見ていられなかったの。自分でも馬鹿なこと考えてるなって思ったけど…靂くんを知ってから、どうやって志筑に引き合わせようか、そればかり考えてたわ」

思わずため息が出る。僕は日奈にまんまと丸め込まれたというのに、ここで穏やかに笑ってやり過ごしていいのかな。こういう態度を包容力があると、日奈は捉《とら》えたんだろうか。

「あたしも苦労したから分かるのよ。どんなに愛しても、うまくいくとは限らない。だけどね。それが何回も続くと、自分に対して自信なくなっちゃうの」

「君も…自信ないのかな。そうは見えないけど」

「自信ないわ。変な男ばっかり摑《つか》むもの。靂くんみたいに優しくていい人には、なぜか心が惹《ひ》かれないのよ」

「そっか」

少しがっかりしたかな。欲深な僕としては、日奈にももう少し愛されたかったのかもしれない。そんなことを口にしたら、志筑がまた大変だろうが。

「お願い。志筑を幸せにしてあげて」

日奈はそう言うと、僕の手を力を入れて握った。

「僕一人じゃ無理だよ。志筑の気持ちだって変わるかもしれない」

「変わらないわよ。靂くんを捨てたら、あいつ、本当に大馬鹿だわ」

息が切れる。ここんとこ体力不足かな。志筑がいないから、夜が自由な分、仕事のしすぎかもしれない。僕はようやっと目的の建物を見つけて、ほっとして日奈の手を引いた。

「あそこだ。駅から歩いて五分。広告に偽りありだな。坂道含む十分じゃないか」

「あら、十分も歩いてた?」

元気な日奈は、僕の示した建物を見上げて笑顔を浮かべる。

「いいわね。素敵なマンションじゃない」

「そうだね。素敵だけど…中はどうだろう」

一階にモデルルーム入り口と書かれた看板が立っている。僕らはそこに入っていって、中で待っていた営業マンに笑顔を向けた。

「あの…お電話差し上げた兵頭《ひょうどう》ですが」

「あっ、見学ですね」

営業マンは弾かれたように勢いよく立ち上がる。僕らは大人らしく名刺交換なぞしたあとに、案内されるままマンションの中を見学した。

事件の後、僕は故郷の母と兄にすべての事情を説明した。日奈の顔と過去にどんな傷があるうと、結婚するつもりだと。

母は言われた事実だけを信じた。そしてマンションを購入する資金の一部を、遺産分けと称してどん、と送って寄越したのだ。

日奈の両親も娘に対して寛大で、資金の提供を申しでた。事件を忘れるために、あの街を出たいという日奈の言葉は、真実味があったんだろう。

「2LDKですが、間取りは広々としております」

新婚だと説明されて営業マンは、ではと最上階の部屋を案内する。僕が眺めのいい部屋に満足していると、日奈は営業マンを捕まえてさらに彼を喜ばせる言葉を言った。

「一階にある1LDKの部屋も見せていただける？　そちらは工房で使いたいの」

「二軒、同時にご購入ですか」

「ええ、二軒。一つは仕事場に使うんです」

言われた営業マンは舞い上がっている。いい客だと思われているんだろうな。

彼には想像もつかないだろう。僕らはここで三人で住むんだよ。新婚用の部屋には、彼女ではなく彼女の弟と僕が暮らすんだ。そして工房には、彼女が一人でひっそりと暮らす。自分が作った人形に囲まれて。

これが僕らの苦肉の策だ。

お義父さんやお義母さんには、日奈を守るために工房には志筑を下宿させると言ってある。日奈を襲った男の刑期は短い。いずれ社会に復帰した時、また日奈を狙《ねら》わないとも限らない。これまで会社の工房で人形制作をしていた日奈は、顔の怪我が完治するまでは、作業だけは在宅でやりたいと会社に申し入れていて許可された。

何もかもがこれでうまくいく。

ずるい僕らは、こうして社会から僕らの真実を覆い隠すんだ。

「ご結婚はいつですか」

「四月に予定してるんです。その前に引っ越しできればありがたいんだけど」

そう、僕らは急いでいる。

不自然な関係を、一日も早く世間の目から隠すために。

夢も見なくなった。

現実が忙しくて、夢を見るほど寝ていないせいだ。

幸せに暮らすためには、それもしょうがないんだろうけどさ。

「涌井《わくい》くん。エプロン、何だか似合うねぇ」

バイト先の女の子が、可愛いキャラクターの書かれた黄色いエプロンをした俺を見て、にやにやと笑っている。

「似合うだろう。俺、料理とかもするんだぜ」

「えーっ、いがいー」

彼女は歯ならびの悪い口元を歪《ゆが》めて、媚《こ》びたように笑った。

「将来はベランダで白菜漬け…。なんてな」

言った途端、自分で吹きだしてしまった。

「やだー。おじんー」

まだ十八歳の彼女は、意味もなく笑える。俺も今は意味もなく笑える。

生きているのは楽しい。俺だけを甘やかしてくれる優しい男が家にいると思うと、それだけで笑いたくなるんだ。

店頭の一画に、ゲームキャラクターをつけた棒に、鯉幟《こいのぼり》がぶら下がった季節商品が並べられている。これのデザインをした男が、素っ裸で俺の膝の上でこれを作ったとは、ここにいる誰も知らない。

安い値段の鯉幟には、小さなチェーンもついていて、バッグにもぶら下げられるようになっている。季節商品に弱い中学生や高校生、それにお姉さん連中相手に、思ったよりもよく売れていた。

靂は今、夏の新商品をちょうど作り終えたところだ。くにゃくにゃしたボール状のキャラクターが、水鉄砲になるように仕掛けしたやつを企画していた。あれももうしばらくしたら店頭に並ぶ。売れそうな予感がするよ。

「こいぼぼり。ミミモンのー」

二歳くらいの男の子が、キャラクター鯉幟目指して突進してきた。けれど背が商品棚まで届かない。必死に背伸びしている姿があまりにも可愛くて、俺はひょいと男の子を抱き上げた。

「ほうら、見えたかな。ミミモンもポカチュンもいるよ」

すっかり優しいお兄さんだな。俺もここでバイトするまで、自分がこんなに優しいお兄さんになれるとは思ってもいなかった。

何かが変わってるんだ。俺の中で。

靂が毎日必死になって働いてる姿を見てるせいかな。靂は子供の視点で商品を考える。粗悪でなく、目にも手にも優しい物。小さな手が握るのにちょうどいい物。そして値段に見合う耐久度のある物と、子供を念頭に商品開発をしてるんだ。

そのせいかな。子供、以前より苦手じゃなくなった。俺自身がガキなのにって、前は子供嫌いだったのに、変わったもんだ。

「すいません。こらっ、拓也《たくや》」

子供の父親だろう。男の声に俺は男の子を降ろすと、営業用の笑顔で振り向いた。

「あっ」

目と目が合った途端、お互いにまず気まずさを味わった。

何でこんな場所で会うんだろう。昔、別れた男なんかにさ。

「し…づ」

「いかがですか。ミミモン鯉幟。人気ありますよ。棒の部分は刺さらないように柔軟性のあるプラスチック素材になってますから、お子さままでも安心です」

すぐに俺は営業用の顔に切り替える。男の背後には、つまらない女がくっついていたからだ。

「えっと、そうだな。拓也、ミミモンでいいのか。ほらっ、ミミモンだよ」

男はキャラクター鯉幟を子供に手渡し、反応を窺《うかが》うふりをして巧みに俺を盗み見る。

がっかりだな。夢は夢のままにしておいてくれれば良かった。俺が付き合ってる頃は、もう少し小綺麗でいい男だったのに。

なんかすっかり疲れてるって感じ。後ろにいる女が奥さんなのか。そう、お似合いだよ。どっちも疲れてて、つまらなそうに見える。

「レジはあちらです。まだお買い物ありますか。よろしければあちらのカゴをご利用ください」

すらすらと業務用の言葉が出てくる。

同じ口から、昔、殺してやるって叫んでたのを、どうか忘れて欲しいと俺はマジで願った。

「ここでバイトしてるの…」

男は当たり障りのない言い方をしてくる。俺は曖昧《あいまい》な笑顔を浮かべただけで、商品の整理を始めた。

「ぱーぱ。あっちー」

子供は父親の意思なんて無視して、勝手に走りだす。俺は笑顔で子供を見送った。

いっちまえ。ガキを連れて俺の視線の中から消えてくれ。

以前、日奈に言われたことがある。あんな男のどこがいいのと。確かにそうだよ。今になってその言葉の正しさに頷《うなず》く。

日奈の目は正しい。もっとも自分の男を選ぶ目は、日奈だって曇ってるけどな。

ありがとう、日奈。俺のために蠹を捕まえてくれて。

気高く、美しく、優しい蠹。そのくせずるくて嘘つきだ。そこがまたいいんだ。俺を安心させるために平気で嘘をつくんだから。

もしあの男と今も続いていたら、俺はもっと荒《すさ》んでいただろう。傍らにいる女のように、疲れた顔で男の後ろを歩いていたかもしれない。

日奈、本当に感謝しているよ。

靂は日奈が一番愛してるのは俺だと言う。俺が愛する男の中に、幼い頃の日奈の姿を重ねているように、日奈もまた男に俺の姿を重ねているんだと言う。

だからつまらない男になるんだって言われたら、俺がつまらない男みたいじゃないか。そう抗議したら笑われた。

日奈は手のかかる弟の俺を、今でも必要としているんだ。俺が大人になってしまって、日奈から離れた途端、俺の代わりを探し始めた。わがままで手のかかる子供のような男を。

靂の分析は当たってるだろう。

俺達姉弟は、仲が良すぎたんだと思う。幼い頃の俺にとって、日奈は姉であると同時に母親でもあり、世界のすべてだったものな。日奈もまた、俺っていう子供の母親となることで、自分を支えてたようなところがある。

『しづき、お母さんは、みんなのお母さんなの。みんながお母さんのお洋服が好きだからね。作ってあげないと可哀相でしょ』

そう言って日奈は、お袋に甘えたがる俺を外に連れだした。

よくできた子供だったけれど、日奈もまた子供だったんだ。俺相手に母親ごっこをすることで、日奈も寂しさを埋め合わせていたのかもしれない。

そして日奈は、俺に男をプレゼントしてくれた。

これまで俺が付き合った男の誰とも、比較できないくらい俺に相応《ふさわ》しい男を。

じっと俯《うつむ》いて考え事をしながら、俺は商品の整理をする。棚はすっかり綺麗になり、客の購買欲をそそるように商品が並んでいた。

「志筑…」

声に振り向くとさっきの男が俺の背後に立っていた。

「連絡してくれ」

そう言って名刺を差し出す。だが俺は立ち上がり、背筋を伸ばして堂々と言った。

「お探しの商品でしたら、あちらにあります。あのファミリー向け玩具のコーナーに」

店中の誰にも聞こえるように俺は言った。当然名刺は受け取らなかった。


マンションの前の坂道になると、バイクは僅《わず》かにだがスピードが落ちる。ギヤを切り替えるほどのこともないので、そのまま一気に登り詰めるとすぐに駐車場の入り口だった。

新築のマンションなのに安かったのは、目の前が寺院だからだそうだ。俺達は罰当たりな生き方をしているから、そこに何が建っていようと気にもしない。むしろ季節の花がいつも咲いていていいなどと日奈は言っている。

エレベーターで最上階の十二階を押す。そこまで上に行くと、さすがに線香の匂いは上っては来ないが、一階の日奈の工房はいつも線香臭かった。

部屋は朝出たままだ。いつも俺が最後なんで、散らかっているのは俺の責任。掃除をする前に、テラスに出て煙草を吸いながら下界を見下ろした。

南向きのテラスからは、下にずっと広がる住宅地が見える。桜はとうに終わり、今はむせかえるような新緑の季節が目前だった。

明後日の日曜は、二人の結婚式だ。

嫉妬《しっと》なんてつまらない感情はもうない。

俺は二人を愛してるから。

秘密はいつまで守れるだろう。俺が結婚もしないで、ここに同居していたらいずれは両親にもばれるんだろうか。

ばれてもいいさ。三人、同罪なんだから。

結婚か。

男と女なら結婚。

では男同士なら、何て呼ぶ。

いいんだ、そんなこと気にするのはよそう。俺、今幸せだし。

でも日奈は、本当にこれで満足なんだろうか。俺達に守られるだけで、日奈は幸せなのかな。

同じように守る誰かを、日奈は必要としてないのか。

またつまらない男を探すのかな。俺みたいに、一度失敗して懲りても同じことを繰り返すんだろうか。それも何だか嫌だった。

「ただいま…あーあ。散らかしたままだな。使った食器を、食器洗い機に入れるくらいはしろよ。日奈が実家に帰ってると、これなんだから」

靂は帰った途端、同居人らしく文句を言った。

華やかなプリントシャツにダークブルーの上着を重ねている。靂の着ている服のセンスはいつも完璧《かんぺき》だ。知的な雰囲気をうまく生かしている。

半日会わなかっただけなのに、顔を見た途端想いが溢《あふ》れて胸が苦しくなった。

近づくと、靂を思い切り抱きしめた。キスをねだると靂は微笑《ほほえ》み、薄く唇を開く。

「どうしたんだ。そんな顔して…何かあったの」

挨拶《あいさつ》程度の軽いキスの後、靂は俺の頬を撫でながら優しく聞く。

「最悪…昔の男がガキ連れて、バイト先に来たんだ」

靂はそれで、といった顔をする。表情がまったく変わらない。

「何だよ。その顔…冷たいな」

「嫉妬させたくて言ったんだ」

「…いや、そうじゃないけど」

これだから大人ってな。冷静なんだから。

「それで…また寝たいと思った?」

「あるわけないだろう。何でこんな男に夢中だったんだろうって、自分が恥ずかしかった。すっかりくたびれた、普通の親父になってて…」

「でも彼とのことがあったから、今の自分がいるんだろう。彼だって、志筑と続いてたらいい男のままだったかもしれないし。思い出を汚すようなこと、自分から言ったら駄目だよ」

「そうかもしれないけど…」

俺の腕の中にいる靂を、あいつに見せてやりたかったな。ざまあみろ。お前に捨てられたお陰で、今はこんなに素敵な恋人を手に入れられたよって。意地が悪いって思うけど、俺はまだ靂みたいには大人の達観ってやつができない。

「今のは建前。本音は…彼にまた誘われたのかとどきどきしてるんだ」

ほらな。大人のふりをして俺を騙《だま》したそのあとで、こんな可愛いことを言う。

靂は俺の喜ばせ方をよく知ってるんだ。

「新しい名刺、こっそり渡そうとしたから、わざと店中に聞こえるように、ファミリーコーナーはあちらですって言ってやった」

「受け取らなかったんだ」

「誰が貰うか」

「嬉《うれ》しいよ…浮気されるのだけは…やだな」

俺の下半身を直撃するような甘い声で言うと、靂は掠《かす》めるようなキスをする。それを強く抱きよせてディープなキスにもっていったのはいいけれど、その先がしたくて辛《つら》かった。

掃除して、料理して、風呂に入って…そこまでちゃんとやらないと、靂はやらせてくれない。

俺と違って衝動で動くタイプじゃないからだ。

「明後日は結婚式か…。本当に日奈にとって、これで良かったのかな」

俺の気持ちに水を差すように靂は言う。

「僕は…いい人を演じたいだけだ。傷だらけの日奈を救った、心優しい男として世間体を取り繕っても…そんなことで日奈を幸せにできるんだろうか」

「日奈は幸せだよ。俺達二人に守られて、大切にされてるんだからな」

俺だって日奈がこれで幸せになれるか分からない。日奈のお陰で俺達は幸せだけど、やはり俺達も日奈の影から抜け出せないでいるんだ。

どっちが幸せかなんて、誰にももう分からなくなっている。

「最終的に志筑を選んだのは僕だ。なのに…志筑にも寂しい想いさせてないか」

「させてるよ。掃除、食事、風呂、そういうのが優先ってのは寂しい。俺、今すぐ靂を抱きたいんだけど」

「駄目だよ。日奈にあまり甘やかすなって言われてる」

靂は苦笑いを浮かべながら、俺の腕の中から逃げ出した。そのあとを俺は追いかける。まるで母親の足下に纏《まと》わりつく子供のように。

「掃除は志筑の担当だぞ。セックスしたら最後の気力までなくなるの知ってて、ベッドに逃げようとするのはずるい。お兄さんの言うことはちゃんと聞きなさい」

「明後日には…本当に義兄《にい》さんになっちゃうんだな」

「そうだよ。僕らは…兄弟になるんだ」

再び靂を捕まえた俺は、兄弟という響きに寂しさを覚えた。

おかしな関係だ。女友達なのに妻。義兄なのに恋人。一人の男を二人で共有する姉弟。

この不思議な関係は、いつかバランスを崩すのだろうか。

「兄弟になる前に…ベッドに行こう。あんまり嫌がると…ここでしちまう」

「志筑…君には思いやりというものがないのか」

「ないみたいだ」

俺の手は勝手に綺麗なプリントシャツのボタンを外していた。

「気をつけて。このボタン…代わりがないんだ。焦ってこの前みたいに引きちぎったりするなよ」

諦《あきら》めたように靂は言う。

それを承諾の印と受け止めて、俺は靂を抱え上げて奥の寝室に向かう。

リビングの奥に扉は二つ。一つはダブルベッドを置いた寝室。その隣には仲良く二つデスクを並べた部屋がある。俺の両親が遊びに来る時は、俺の物はすべてクロゼットに隠した。

結婚前も結婚後も、この家には女のいる気配がほとんどない。たまに日奈が来て掃除を手伝ってくれたり、食事を一緒にしていくが、おかしなものでそれだけでは日奈の匂いは染みつかなかった。


結婚式はひっそりと行われた。本当なら十月を予定していたのに、半年も急いだから式場を探すのだけでも大変だったらしい。

それでもどうにか都内の有名ホテルで、身内と双方の友人や仕事関係者を招いて、親が満足する程度の式にはなっていた。

日奈のドレスはお袋の手縫いだ。何年か前にお袋がやっていた子供服の店は閉店した。その後ほとんどミシンを出していなかったのが、久しぶりに家に帰った時にミシンの音を聞いたのは、これを縫うためだったんだな。

綺麗だな…日奈。

友人が紹介してくれたという、ハリウッドでも仕事したことがあるというメークアップアーティストが、怪我の痕を完璧に隠したメイクをしてくれた。そのせいで日奈の顔は、あの事件の前同様に美しかった。

控え室で着替えを終えた日奈の写真を撮る。両親は涙ぐみ、友人は賞賛している。身内はひそひそと事件の話を陰でしていて、結論は決まってでもいいお婿さんで良かったに落ちついていた。

そのお婿さんの控え室に行く。本当はこっちの方がどきどきなんだ。

俺が結婚するんじゃない。なのに花嫁を迎える気分って言ったらおかしいか。そんな錯覚を思わずしてしまう。

靂は家族と談笑していた。

真っ白なタキシード。完璧だ。

普段でも綺麗な男なのに、このまま結婚式場のモデルをやってもおかしくない。

「志筑…結納の時に、君いなかっただろう。改めて紹介するよ。僕の母と兄、二人。こっちが上の兄さんで、こっちが次」

「どうも…涌井志筑です」

カメラを手に、俺は緊張して挨拶した。

「靂がすっかりお世話になって…」

そう挨拶する老婦人は、靂によく似た顔立ちのおっとりとした上品な人だった。背後にいる兄さん達は靂にどこも似ていない。どちらかというと男らしい顔立ちをしている。

地方の旧家の人達らしく、多少イントネーションの違う言葉で、ゆったりと話す。いつもは完璧な標準語を話す靂が、つられて同じように話しているのがおかしかった。

「日奈さんも美人さんやけど、まぁ、弟さんもええ男さんや」

靂の母親は目を細めて俺を見た。

すいません…。あなたの大切な息子さんと、本当の婚姻関係を結んだのはこの俺です。

生涯大切にすると誓います。気まぐれから抱いたんじゃない。一緒に歩むパートナーとして、俺には靂が必要だったんです。

あなた達が新居のためにと贈ってくれた金で、靂が購入した新居で暮らしているのはこの俺です。忙しい靂に料理させ、掃除も手伝わせ、それだけじゃない。わがまま言い放題言って、可愛がってもらってるのは俺です。

夜には…毎晩この腕に抱いて眠っています。靂を抱いてないと、不安から悪夢を見るんです。目覚めた時にそこに靂がいると、何だかとても優しい気持ちになれる。そうするとその優しい気持ちが一日続いて、俺みたいなやつでも少しはまともな男になれるんじゃないかって、そんな気がするんです。

ごめんなさい。

嘘をついてごめんなさい。

あなた達みたいに、いい人にまで嘘をついてごめんなさい。

「どうしはったの…。まぁ、泣いてらっしゃるの。お姉さん、色々と辛かったものねぇ」

そうか…俺は泣いてたのか。

慌てて俺は手のひらで涙を拭《ぬぐ》った。すると靂がすっと立ち上がり、自分の真っ白なハンカチを差し出して俺の涙を拭った。

「志筑…何も心配することはないよ」

靂は俺を見つめて優しく笑った。

「お母さん、そろそろ式場の方に…。僕は志筑に写真撮ってもらってから行くから」

数人の靂の身内は、その一言でそろそろと移動を始めた。

最後に控え室には俺と靂だけが残る。俺は泣いたのが恥ずかしくて、照れたように笑った。

「写真…撮らないと」

「そうだね…でもその前に…これ、受け取ってくれ」

靂はズボンのポケットから、そっと小さな物を取りだした。

ケースにも入っていない。柔らかな布地にも包まれていない。だから最初はそれが何かよく分からなかったんだ。

「何？」

「僕と日奈と…お揃《そろ》いだ。大きさはこれが一番大きいけれどね」

靂は銀色のリングを俺の手に握らせた。

「これ…」

「志筑を縛るために、こんな物まで用意したんじゃない。だって志筑、すぐに日奈と同じ物欲しがるだろう…」

靂は笑う。優しく、優しく笑った。

「結婚なんて形だけのものだよ。大切なのは人間としてお互いを思いやり、この先を共に生きられるかどうかなんだと思う。僕は…その意味で日奈とも結婚する。彼女が本当の自分の幸せを見つけられるまで、側《そば》にいて支えてやりたい」

「…ありがとう…靂。感謝してるよ。俺達姉弟の犠牲になったのに」

「犠牲だとは思ってないよ。僕には君達みたいに、辛い恋愛経験なんてないんだ。まだまだ知らないことだっていっぱいある。君達も僕を育てないといけないんだよ。甘えるばかりじゃなくて」

「甘えるばかりじゃなくて…それ言われるとな」

俺は手の中のシンプルなプラチナのリングをじっと見つめた。靂はきっと、自分達のとお揃いで違うサイズの物を、わざわざもう一つ買いに行ったのだ。

俺のために。

「いつもしていなくていいんだ。僕もするつもりはないよ。こういうのは形式だから」

「俺は…するよ。チェーンに通して、首から下げる。いつか堂々と指にはめることができたらいいけどな」

「そうしたら…その時は…僕も毎日はめようかな…」

自然に俺達は近づいていた。

日奈。ごめんな。花嫁とのキスの前に、俺がキスを奪ってしまって。

神父もいない。親戚も友人もいない。

いるのは俺達二人と、ずらっと並んだ鏡の中にいる何人もの俺達だけ。

そこで俺達はキスをする。

誓いの言葉もなく、指輪の交換もないけれど、お互いを愛する気持ちを真摯《しんし》に伝え合うためにキスをしたんだ。

「泣くなんて…こまったやつだな」

唇が離れた途端、靂はまた俺の頬をハンカチで拭った。

「どっちが花嫁かこれじゃ分からないじゃないか」

「ごめんな…自分を抑えるの、俺下手なんだ」

「いいよ。そういうとこが…志筑らしくて可愛いから」

靂は俺から少し離れると、タキシードの襟元を直す。

「ほら、写真。撮らないと…二人で何してたんだって言われるよ」

「ああ…」

ファインダーを覗《のぞ》くと、中には美しい人形のような靂が笑っていた。

式の間、お袋は泣きっぱなしだった。日奈は自慢の娘だったもんな。

でもお袋。あんたは一つだけ間違いを犯したんだよ。日奈に…俺を愛させたのは失敗だ。

今となってはどうでもいいけれど…。この先また俺達のことで泣くことになるかもしれないんだぜ。

神父が指輪の交換をと申し出る。俺はそっとポケットに手を突っ込んだ。この場面だけ写真がないとおかしいって言われるかな。言われてもいいさ。

靂が日奈の指にプラチナのリングをはめた時に、俺もポケットの中でリングをはめた。

祭壇にいる神様は、いつも俺達が信じている神様とは違うから、きっと許してくれるだろう。

二人が手を取り合って祭壇を降りると、方々から嗚咽《おえつ》が起こる。

けれど日奈は泣いていない。堂々とメーキャップで傷を隠した顔を上げて、微笑みながら歩いている。

日奈と俺の視線が絡んだ。すると日奈は真っ白な歯を覗かせて素晴らしい笑顔を見せた。

誰もがもう日奈の幸福を疑っていない。

俺も日奈は幸せなんだと思ったが…。

そうだ。欠けているものが一つある。

そいつを俺からプレゼントしてあげよう。

俺のために、最高のプレゼントを用意してくれた日奈への、それがせめてものお返しだ。

日奈。

一番欲しかったものをあげるよ。

これまでたくさん、日奈から奪ってきたからな。

その分まですべて埋め合わせがつくほど、素晴らしいものをプレゼントしてあげる。

そうしたら日奈。

きっと本当の幸せってやつが見つかるかもしれないだろう。


結婚したからって、僕の日常が変わるわけじゃない。毎日、毎日が忙しさの中に過ぎていく。

キャラクター鯉幟がそこそこのヒット商品になったんで、仕事が余計に増えた。まだ発売前のゲームソフトのキャラクターから、何か目新しい商品を作り出す企画の主任に抜擢されたんだ。

年齢やキャリアからしたらまだ早すぎる。けれど会社としては、新居のローンに追われている僕なら、過労死覚悟で必死になって働くと読んだんだろう。

まだ公開されていないゲームソフトのテスト版を渡される。発売時には変更されている部分もかなりあるだろう。だがゲームの発売とほぼ同時にグッズも発売されないといけない。ゆっくりと練っている時間もなさそうだ。

僕は思わず部長に、僕が新婚だってこと忘れてませんかって言ってしまった。部長は笑いながら、あんな美人の奥さんをもらった罰だと言った。

美人の妻は、工房でひっそりと毎日ぬいぐるみを作っている。少し大人向けの金色と銀色の毛をした猫のぬいぐるみは、ヒットしそうな予感がした。日奈と契約している会社は、在宅になってから彼女の仕事がよりグレードアップしたと感じているだろう。

これじゃあ五月の連休も仕事漬けだ。新婚旅行も家のローンに回すことにして消えたし、当分僕らにはゆったりした時間なんてなさそうだ。

一年で一番花の美しい季節だった。

駅前の花屋の店先には、五月の節句に合わせて花菖蒲《はなしょうぶ》が何本もバケツに入れられている。その横には可憐なチューリップが、まだ開かないつぼみの状態で売られていた。

目を引いたのは芍薬《しゃくやく》だ。

何て華やかな花なんだろう。美女の形容に使われるのも肯ける。僕は迷わずに芍薬を何本か買った。

日奈の工房はいつも線香臭い。由緒ある寺院には、参拝する人が後を絶たないからだ。せめて花でも飾って、辛気くさい匂いを忘れてもらうしかない。

駅からマンションまでの道程も、慣れればちょうどいい距離に思える。坂道も運動不足の僕にとっては、有り難い試練だろう。

芍薬を手に歩く。そういえば寺院の庭に見事な牡丹《ぼたん》があると日奈が言ってたな。日曜には見に行けるだろうか。志筑は日曜もバイトだ。子供の日を前にして、忙しくないおもちゃ屋なんてない。

子供の日、クリスマス、お正月。それに新入学シーズンに春、夏、冬の休み。志筑、君は子供関連産業を甘く見てたようだが、年間それだけの稼ぎ時があるんだぞ。

僕らはそれに合わせて、せっせと新製品を作らないといけないんだが、君はそれをせっせと売らないといけないんだ。連休に休めないいなんて、いまさら泣いても遅いんだよ。

思わず口元に笑みが浮かんだ。バイト辞めたいなんて騒いでいる志筑を思いだしてしまったから。

マンションに着くと、まず僕は日奈の部屋を訪れた。日奈の部屋は、試作品のぬいぐるみで溢れている。それ以外にも特別オーダーで仕事を受けたりしているから、工房にしているリビングは足の踏み場もなかった。

「日奈。あんまり無理したら駄目だよ。あとで食事においでよ」

いつもなら明るく言葉を返す日奈なのに、今日は何だか静かだ。じっとお気に入りの大きな豚のぬいぐるみを抱き締めている。

「どうした。体の調子悪いの。フリーランスで仕事してると、自分で休みを取るようにしないと、うまく休めないよ」

僕は花瓶に芍薬を差し、玄関に飾る。

「花、水を切らさないでくれってさ。大きいだけに、完全に開くまで水をよく吸うんだって」

「ありがとう…」

「やだな。そんな他人行儀な。連休は実家に帰ったら。お義母さんが寂しがってるだろ」

「そうね…」

仕事のアイデアに詰まってるのかな。僕もそうだ。仕事のアイデアが出なくて追われてる時は、志筑が何を叫んでいても耳に入らない。

「日奈。君の好きなクリーム味のパスタ、作ってあげるから、あとでおいでよ。いいね」

僕は精一杯優しい声を出した。

「靂…くん」

「んっ?」

「食事はいい…。もう済ませたから」

「何だ、そうか。仕事ばっかりしてないで、散歩にでも行っておいでよ。花がどこも綺麗だ。白木蓮《はくもくれん》に木蓮《もくれん》。躑躅《つつじ》はまだだ、あれは皐月《さつき》かな。それと薔薇《ばら》も色んなところで咲いてるよ」

「靂くんって、男なのに花に詳しいのね」

　言われて僕は微笑んだ。

「いつか僕の実家にも行こう。庭の花が見事なんだ。僕もよく名前まで知らない。古い木がたくさんあって、いつもどれかが花を咲かせてる」

「作庭の基本よ。一年中、花を絶やさないように演出するの」

「よく知ってるね」

「前のお寺の住職さんの受け売り」

　そこでやっと日奈はいつもの笑顔を取り戻した。

　安心して僕は日奈の部屋を出る。最上階の自分の部屋にたどり着くと、志筑はもう帰っていた。

「あれ…バイトは?」

　志筑の様子もどこかおかしい。いつもなら僕が帰ったら、すっ飛んできて抱きしめるのに、珍しくベランダに出て煙草を吸っているままだ。

　姉弟喧嘩《げんか》でもしたかな。彼らは激しい部分が似ている。いつもは日奈が折れてうまくいっていたようだが。

「何だ…二人して機嫌悪そうだな。僕は仲間はずれ?」

おかしなもので仲間はずれにされると腹が立つ。自分にもそういった子供じみた部分があると思うと嫌になった。

「いや…連休どうするかなって」

「志筑はバイトだろ。僕も仕事だ。新しいゲーム関連の主任に抜擢されたんだよ。本当ならお祝いものだぞ」

別に志筑に祝ってもらわなくてもいいが、僕は少し臍《へそ》を曲げていた。

「食事の後で、まずゲームをやってみないとな。キャラクター表はあるけど、どう活躍するのか見てきちんとキャラを摑まないといけないんだ」

のけ者気分の僕は、ふてくされて自分の仕事のことばかりをべらべらと喋った。

「これまでみたいに制作だけしてるってわけにはいかない。会議、会議、毎日会議の連続だよ」

「俺が料理するよ。お祝いだもんな。ワイン、開けていい？」

「まともな感想をどうも。そうだな。ワイン、開けようか」

それだけ言うと、僕はほとんど仕事場になってしまった部屋に入る。そこでテレビにゲームの本体をセットして、早速彼らの動きを目で追った。

不思議な平和がずっと続いていたのに、僅かの亀裂でぎくしゃくする。別に日奈と志筑が同時に不機嫌なだけかもしれない。だけどそんな時こそ、僕の出番だったんじゃないか。

意味もなくいらついていた僕は、そこで冷静になって反省した。

そうか、こういうことなんだ。

誰かを本当に愛したら、相手の何もかもを独占したくなる。悩みや哀しみさえも、共に分けてくれないと寂しくなるんだ。

僕は日奈とつきあい始めた頃に、一度もこんな気持ちを味わったことがない。ただ日奈ともっと深い関係になりたいと望むだけで、深い関係の本当の意味をよく知りもしなかったんだ。

志筑がどうしてあんなに情熱的に振る舞えるのか、ようやっと分かってきた。

僕も今は暴れたい気分だよ。どうして僕だけ仲間はずれにするのって、手足をばたつかせて騒いでやろうか。

君の哀しみは僕のものでもあるんだよ。一人でそんなに落ち込まないでと泣きわめいたら、この胸のもやもやはすっきりするかな。

志筑はこんな思いを何度も経験した結果、僕を選んだんじゃないのか。そういった苛立《いらだ》ちを味わわせない、心優しい男として。

なのに僕がここで苛立ってどうする。反省の意味も込めて、僕は呼ばれる前に部屋を出た。

志筑はひどく真面目な顔で料理をしている。ワインもきちんとデカンターに移してあったので感心した。

「手伝うよ…。悪かった、仕事で苛ついてるのを、ここに持ち込むなんてフェアじゃない」

僕は志筑と並んでキッチンに立つ。志筑は微笑んで左手にはめられたリングを僕に見せた。その手を取り、そっと唇を押しつける。料理途中の志筑の手は濡れていて、新鮮な野菜みたいな匂いがした。

「愛してるよ…靂」

「んっ…」

返事の代わりに志筑の手を優しく愛撫する。それだけで僕らは仲直りできたようだ。

香辛料を利かせた鶏肉のグリル。それにセロリをメインにしたサラダ。さらに唐辛子を使ったパスタ。

僕は並んだ料理を見つめて、少しだけ抗議した。

「志筑。味の濃い物ばかりだな。いい、一つの料理が味が濃い時は、付け合わせの料理はさっぱりした物の方がいいんだ。これじゃあ、口の中が燃えちゃいそうだ」

「悪かった。刺激的な物が食べたくて」

「いいけどね。ワインが一瓶じゃ足りなくなりそうだな」

酒の弱い僕でも、ワインは好きだ。今夜はテーブルセッティングも完璧だから、料理の不備は許してあげることにしよう。

　二人で食事するのも、これで何度目だろう。もう数えられないほど、こうして食べているような気がするけれど、実際僕らの関係が始まってまだ三カ月しか経っていない。その間に色々とありすぎて、僕らは長い時間を共有しているかのように親密度を増した。

　僕は結婚式以来外していたリングをつける。ささやかな愛情表現だけれど、こんなことを積み重ねて僕らはもっと絆《きずな》を深めていけるのだ。

「マイケル・ジャクソンが日本の祝日、子供の日を世界共通の子供の日にしたいって言ってたな。彼はあれを世界的なデパート、ハロッズの社長にでもけしかけてくれればいいのに」

　僕は陽気に話題を振った。

「よせよ。そんなこととされたら、靂がまた忙しくなる。靂の会社も海外に輸出してんだろ」

「そうだよ。昔から日本のおもちゃは、世界市場向けに売り出されてる。それでもまだまだ需要は掘り起こせる余地があるさ」

　知り合ってから何をどう話したか、すべての会話を覚えているわけじゃない。いつも共通の話題となるとおもちゃ関連になるのは仕方ないが、では他にどんな話をしたらいいんだろう。

　お互いの子供時代の話をしてみる。

「家に古い土蔵があったんだ。今でもあるけどね。そこには古い葛籠《つづら》があって…」

「よせよーっ。ホラーっぽいのは苦手だ」

志筑は本気で抗議した。

僕は男らしい志筑が脅える様子がおかしくて、くすくすと笑った。

「子供の時に、雀《すずめ》のお宿の話を読んで、どうしてもその葛籠を開けたくなったんだ」

「やだやだ。靈の家って旧家だろう。座敷わらしとかマジでいそうだ」

「最後まで聞けよ」

志筑は僕にワインを注ぎ足しながら、真剣な顔つきになった。

「分かった。聞いてやる」

「…それがさ。春画…」

「しゅんがって?」

「昔のエッチな絵ばっかり入ってたんだ。浮世絵とかの。今も残ってるんなら、国宝もんだろうな」

ぷっと志筑は吹きだす。僕も笑った。

おかしいな。さっきまでの沈んだ気分が吹き飛んでる。今夜はとっても楽しい夜だ。何を僕はいじけてたんだろう。志筑は相変わらず子供じみていて可愛い。何を話しても楽しそうに聞いてくれてるじゃないか。

「ショックだったよ。浮世絵のは誇張されてるだろう。男性のはともかく、女性のはもう形状が不気味で。僕、本当にその夜、熱を出したんだ」

笑いながら僕は、古い土蔵の中で、朱もくすんで鈍色になった浮世絵を発見した時の驚きを思いだしていた。

「僕が女性に対しても奥手だったのは、あのショックから立ち直れなかったからだろうな。大人になってから兄さんに聞いたんだけど、あれってその昔の嫁入り道具の中に、こっそりと母親が忍ばせたもんなんだってね」

そういえば性教育用の人形があったな。そんなことを思い出してしまった僕は、いつになく早い酔いを感じた。

変だ。笑い出したい気分。それだけじゃない。とても…セクシーで危ない気分になっている。

「志筑は…初めての時も男の人だったのかな」

誘うように僕は言った。

潤んだ瞳ってやつを、僕はしている筈だ。

志筑…。何て綺麗な獣。僕を嘗《な》め回し、力強く押さえつけて、唇で引き裂く…艶めかしい獣。

酔ったせいだ。志筑が…欲しくてしかたない。

「いや…女だったよ。渋谷《しぶや》で逆ナン。おミズだったのかな。ホテルでいきなり金出されて、むかついたから女なのにひっぱたいた」

「それは…よくない。女性は…叩いたら駄目だよ…」

「今はそんなことしない…。靂、どうした。酔ったみたいだけど」

「んっ…ちょっとね。酔ったみたいだ」

忙しかったからな、ここんとこ。結婚式で有休取ったけど、その分仕事が減るわけじゃないし。結婚式は一大イベントだ。あれも疲れる。

僕は皿に残った料理を見つめた。もう食べられそうもなかった。

「すまないけど、残していい。夜中に食べるかもしれない。今夜はゲームをクリアしたいから…徹夜になるかもしれない」

「いいよ。そのままにして、少し寝たら」

「うん…シャワー浴びてくる。そうしたらすっきりするかもしれない」

立ち上がったら足下がふわふわした。とってもいい気分なんだけど、ちょっと危ないな。志筑を襲ってしまいそうだ。

しっかりしろよ。ゲームをやらないと。セックスなんてしたら、だるくなってそのまま朝まで寝てしまいそうだ。

熱いシャワーの下に立った。髪を洗う。体を洗う。儀式のように繰り返される日常の行為。

したことさえ忘れてしまうような、ありふれた行為の最中に、僕は突然自分を見失う。

春画か。あれほどにはなってないけど…あそこに描かれていたのと同じ状態だ。

子供の時は、自分のものもあんなになるのかと怖かったっけ。大人になってそれほどではないと知って安心したが、やはり女性のものを直視する勇気はなかったな。

何で…そんなこと思い出すんだろう。

興奮しているせいだ。

おかしい…。僕は変だ。

昨夜も志筑に抱かれた。いつものように情熱的なセックス。志筑は僕の中から喜びの印を、たっぷりと搾り取ってくれたじゃないか。

欲求不満？　そんなことあり得ない。僕はとても愛されていて、そして幸福なんだ。

まさか…。

志筑、僕に何かした？

君は魔法使いで、僕の欲望さえ自在に繰れるのだろうか。

駄目だ。出したい。けれどいいのか。志筑がいるのに、自分で自分のものを…。

「靂…」

いきなりバスルームのドアが開いた。僕は最後の理性を振り絞って、股間を手で隠す。そんなことしても無駄だ。もう志筑にしっかり見られてしまっただろう。

「あっ…」

「おいで」

志筑は濡れるのも構わず、シャワーの下から僕を引きずり出した。

「何か…したんだろう？　変だよ、こんなのは僕じゃない」

「いいから」

僕を楽々抱きかかえると、志筑は寝室に真っ直ぐ向かった。寝室はすでにカーテンが閉じられていて、夜としては早い時間なのに深夜のように暗くなっている。

「志筑…何を」

「黙ってろ」

ベッドの上にほうり投げられた僕は、すぐに細い紐《ひも》で後ろ手に縛られた。続いて柔らかいバンダナで目隠しまでされる。

初めての夜もこんな展開だった。浴衣《ゆかた》の帯で手を縛られて、犯されたんだ。

「志筑、やめろっ。こんなプレイなんてしたくないよっ。僕らは普通に抱きあったって、十分に満たされてるだろ。こんなのは、いやだっ」

「いいから黙ってろ。今、可愛がってやるから」

何てことだ。志筑は嫌がる僕に、無理矢理耳栓までしてしまった。それだけじゃない。僕の性器の根本をきつく縛って、射精さえも止めてしまったのだ。

「いやだぁ…こんなのは、いやっ」

必死に抵抗しようにも、手は縛られてもう自由にはならない。すぐに志筑も裸になって、背後から僕はきつく抱きしめられていた。

「こんなのは十年も経って、お互いに飽き飽きした頃にやるもんだろ。僕は…したくない。こんな遊びは、嫌だ」

「遊びじゃないんだ…分かって」

耳栓をされたので、志筑の声は深海から聞こえる幽霊の声のようだった。

志筑はベッドに横たわった自分の体の上に、僕の体を横たえる。互いの体が密着しているのに、僅かに持ち上げて志筑は僕のそこに指を差し入れていじくり回した。

「あっ、ああっ、やめて。ほどけよ、ああっ…ほどいて」

指だけで焦らすつもりか。僕はもう志筑が欲しくて気が狂いそうだ。それだけじゃない。縛られてしまったせいで行き場のない精液が、今にも爆発しそうなほど僕を怒張させていた。

「いきたい…んだ。お願い…ほどいて。志筑、いかせて、頼むからっ」

自分の声も、遠くから聞こえる。

何も見えない。声も聞こえない。感じるのは志筑の手と、そして充実したものが僕の割れ目にそってびくびくと震えている様子だけ。

「お願い…だ。いかせて…志筑の…欲しい。焦らすなよっ。はやくっ」

叫んだあとに僕は、ふと押し黙る。

ふわっと甘い匂いがしたんだ。

何だろう。花の匂いだろうか。そうだ、花。何の花…桃だ。桃の花の匂い。甘い果実が実ることを想像させる、桃畑一面に咲き誇る花の匂いだ。

実家に果樹園がある。春になると果樹園は一面の花だらけで…。

違う…。これは日奈がいつも使ってる、ボディーソープの匂いだ。

ベッドが軋《きし》んだ。

僕ら以外にもう一人、ここに誰かがいる。

日奈…。

柔らかい肉体が、僕の上に覆い被さる。それでも僕の興奮は収まることはなく、恥ずかしげもなく志筑に愛されるのを待ち望んでいた。

「日奈…」

その名前を呼んだ途端、僕の中に志筑が入ってきた。

「そこにいるんだろう…日奈」

　志筑のとは明らかに違う細い指先が、僕の破裂しそうな部分の縛めをそっと解いた。続いて柔らかい肉の感触が、僕を包み込んでいた。

「あっ…」

　溢れた涙はバンダナがすべて吸い取ってしまう。

　囚われた僕には、涙を流す自由もない。

　美しく、そして残酷な姉弟は、僕を巧みに絡め取る。愛という魔法と、幸福の保証という契約を盾に。

「んっ…ああっ」

　僕は日奈の中に解き放つ。夫としての本来の役目を担うべく。

　一度放っても、まだ欲望は鎮まらない。苛立ちはすぐに、志筑のものによって興奮へと姿を変えられていた。

　志筑の手は強く僕を抱く。逃がすまいとしているんだろうか。安心していいよ。僕はもうとっくに君らに囚われている。逃げ出すつもりなんて最初からないんだ。

　こんな体でよければ、思い切り貪《むさぼ》り尽くすといい。

「靂…愛してる。愛してるんだ」

遠く、川向こうからのように志筑の声が聞こえた。

「愛してるよ…僕も…志筑…愛してるんだ」

僕の声も、儚《はかな》い木霊《こだま》のようだ。

再びそこは日奈によって包まれた。愛し合う姉弟は、僕を介してだけ抱き合える。決して互いの肉体は触れあうことはないのに、同じ喜びを分かち合うんだ。

「ああっ…」

縛られた手は、日奈を抱くことはない。柔らかな乳房も、ふくよかな頬も僕には触れる自由はない。ただその部分だけに、熱い日奈の肉体を感じていた。

「日奈…受け止めて…」

掠れた声で僕は告げると、二度目の射精を急ぐ。急ぎすぎた二度の行為は、僕からしばらく意識を遠のかせた。

僕を抱く、優しい志筑の腕を感じる。音は戻っていて、視界も戻っていた。

目の前にいる日奈は、もう服を着ている。柔らかなニットのワンピース。その下は当然裸なんだろう。

「靂くん。ごめんね。あなたを傷つけるつもりじゃないの。こうするしかなかったのよ」

日奈は僕の頬にそっと手を触れた。

「あたし…子供が欲しいの。男の人は今は怖くて愛せない。だけど何か愛するものがないと、寂しいのよ。分かって…」

「…日奈、僕は怒ってないよ。だけど…こんなやり方はフェアじゃない」

「俺が言いだしたんだ。たとえ日奈でも、靂と二人きりでベッドに行かせることはできなかったんだ。ごめんな、靂。本当にごめんな。許して」

姉弟は同じような声の調子で、僕を慰めた。

「靂くんに似たら、可愛い子供になるわ」

「日奈に似ても可愛い子になるよ」

僕は虚《うつ》ろに笑う。

中世、ヨーロッパの王族は初夜を衆人環視の元で行った。結婚は国同士の契約だったからだ。それを思えばどうってことないさ。見ていたのは二人だけ。僕のもっとも愛する家族なんだから。

「あたし…靂くんに似た女の子が欲しい」

「そうかな。僕は…日奈に似た男の子がいいな」

そこで僕らは微笑む。共犯者の笑いというやつだ。

「志筑に抱かれてるあなた…とても綺麗だった。志筑が独り占めしたがるのも分かるわ。他にも方法はあったのに…こんなやり方してごめんね」

「いいんだ…志筑が…許したんなら」

「ありがとう…」

日奈は僕にキスをする。まるで母親がするような、優しいばかりのキスを。

僕は日奈を抱き寄せて、お返しに兄妹のキスを捧げた。

それを合図に日奈は寝室を出ていく。僕は両手で顔を覆い、静かに涙を流した。

「靂…泣くなよ。ごめんな。謝るから…許して。靂、靂、お願いだ。俺を嫌いにならないで」

必死になって叫ぶ志筑に、僕はわざと意地悪く答えない。

「日奈は俺にいろんなものをくれた。無理矢理奪ったものもたくさんあったんだ。なのに日奈は…俺に靂をプレゼントしてくれただろう。こんな形で返してあげるしかなかったんだよ」

「僕の気持ちは…」

わざと僕は枕に顔を埋める。志筑は僕に覆い被さるようにして、触れられる箇所すべてに唇を押しつけて許しを願っていた。

「日奈が一番欲しいのは、子供だったんだよ。つまらない男の母親やるより、俺達の子供の母親になるべきなんだ」

「俺達？」

「そうだよ。俺と靂の血が流れてる子供だ」

「日奈の血だろ」

「同じさ。俺達は…同じなんだ」

僕はゆっくりと体の向きを変えて、志筑をじっと見つめた。

「いつか日奈も、男をちゃんと愛せるようになるかもしれない。そうしたら自由にどこでも飛んでいけばいい。今は俺達で日奈と…子供を守ろう」

真剣に話している志筑は美しい。思わず僕は見惚れてしまう。

「志筑。君はどっちがいい。男の子？　それとも女の子？」

「女だ」

志筑はきっぱりと言い切った。

「どうして…」

「たとえ息子でも、靂が他の男にでれでれしてるのなんか見たくない」

ついに僕は笑い出した。

わがままで強引な僕の恋人。彼についていくのは大変だ。

甘やかしすぎてもいけない。冷たくしてもいけない。優しくしてやらないといけないし、毎日のように愛してあげないといけない。

それなのにどうして僕は、志筑と歩く道を選べたのだろう。

そうだ。僕も日奈と一緒だ。手のかかる子供。僕だけを見て、追いかけてきてくれる子供を、待っていたのかもしれない。

「志筑。今夜の償いをして」

「償い…。いいよ、何でもする。掃除でも洗濯でも、何ならゲーム、一緒にやろうか」

「そんなのじゃない…」

どうして分かってくれないんだ。ワインに何か入れたんだろう。あの薬は効きすぎる。僕はまだ足りないんだよ。

「靂…どうすればいい。俺、何でもするから」

「明日、僕の会社に電話して」

「電話?」

「兵頭は過労でぶっ倒れましたって」

やっと志筑にも意味が通じたらしい。志筑は素晴らしい笑顔を取り戻していた。

「志筑には…あのワインは効かなかったのかな。僕には…効きすぎた」

「俺も効いてるよ。だけど緊張してたから」

緊張の解けたそこに、僕は軽く手を触れる。それが合図のように、志筑は元気を取り戻して

いた。

「日奈の裸…見損ねた。綺麗だったろうな」

いつかあの美しい肉体が、誰か知らない男の前に晒されることがあるのだろうか。その時僕と志筑が、笑顔で日奈を見送れるかが問題だ。

娘を嫁に出す父親のように、あんな男はくそくらえっと、日奈の前に中指を立てて怒るのかもしれない。

志筑ならやりそうだった。

僕らは腫れ物に触るようにして日奈に接していた。連休が終わり、ビジネス街に半袖シャツ姿のサラリーマンの姿が目立つ頃、突然、日奈は車を買おうと言い出した。誰も反対しない。それが何かの答えのように思えたからだ。

車は志筑が買った。バイトで貯めた貯金を下ろし、残りは僕を保証人にしてローンを組んだ。

新車が来てすぐに、日奈はドライブしようと僕らを誘った。

「で、どこに行くって」

志筑は新車のナビの操作を確認している。日奈はその背中に宣言した。

「岩槻《いわつき》に行って。以前、御雛様を供養したお寺に行ってみたいの。そのあと、雛人形を作ってる工房も見学したいんだけど」

「はい、分かりました。おねえさま」

志筑はナビに以前僕らが雛人形を供養した寺の位置を読み込ませた。

新車は首都高速を抜けて、東北自動車道に入る。するとすぐに岩槻のインター出口だ。

岩槻にあるその寺には、供養を待つたくさんの人形が納められている。一年に幾度か、供養のあとにそれらの人形は焼却されると聞いた。

日奈は住職に以前雛人形の供養を頼んだ者ですがと名乗り、幾らかの金額を包んだ封筒を差しだした。住職は人形にまつわる話を幾つもしてくれて、ぬいぐるみを作っていると自分のことを語った日奈を喜ばせた。

人形はただ人の形をなぞった物ではない。そこに人の想いが自然と籠《こ》もると言う。愛された人形は穏やかな顔立ちをしており、粗略にされた人形はどこか寂しげだと言う。

持ち主に先立たれた人形は哀しみをたたえ、数世代に及び家族に大切にされた人形は、神格さえ持つと言われた。

僕らは子供の想いを掴むために、玩具を制作する。消費されるだけの玩具に、どれだけの想いが込められて、そして捨てていかれるのだろう。

日奈は焼却を待つ人形の中に、自分が制作に携わったぬいぐるみを発見して足を停《と》めた。

「これは…」

「病気で亡くなった子供さんが、ずっと抱いてたぬいぐるみだそうです。お棺に入れてやりたかったそうですが、子供の骨はもろいからね。化学繊維のもんは、火が強くなるらしいから」

その一言で日奈は泣き出した。

死を待つ間、その子はぬいぐるみを抱いて何を想っただろう。日奈の作った愛らしい兎《うさぎ》の人形は、わずかでも子供の慰めになったのだろうか。

「奥さんが作ったんですか。いい仕事しましたね。子供が抱いて寝るのにちょうどいい。毎日抱いて、離さなかったそうですよ」

「あたしは…」

僕はそっと日奈を抱いた。

そうだよ、日奈。子供は僕らの子供だけじゃない。世界中にいるんだ。小さな手の中に、慰めの品を求める子供はどこにでもいる。

いつか大人になって、愛する誰かをその腕に抱きしめるまで、抱きしめて癒される練習をするために、日奈の作るぬいぐるみは必要なんだ。

「ありがとうございます。あたし…自分の仕事に自信持てました。もっといい仕事したい。可愛いぬいぐるみ、いっぱい作るわ。これから生まれてくる子供達のためにも」

晴れやかに日奈は笑う。

僕らは人形の供養塔に手を合わせて寺をあとにした。

「御雛様…買おうか」

まだ涙も乾かないのに、日奈はさらりと言う。

「御雛様。置く場所がないよ」

僕は以前の立派な段飾りを想像して難色を示した。

「お内裏様《だいり》だけでいいわ…。それとね。男雛《おびな》だけ、特注でもう一つ頼むの」

「おい。そういう無茶は聞いてもらえないぞ」

志筑は抗議したが、少し嬉しそうだ。

「衣装だけ変えた…二つの男雛を並べたくない？」

「それは…」

僕は言葉に詰まる。

もし誰かがそれを見たら何て言いわけするつもりだ。

嫌だって言っても、日奈は実行するだろう。そして志筑も反対しない。

僕は…多分またうまく丸め込まれてしまい、それを幸せだと勘違いするんだろうな。

あとがき

ご愛読ありがとうございます。

今回は雛人形絡みの話です。冬から春への季節の移ろいを心に思い描いて、書かせていただきました。

岩槻《いわつき》は自宅の近くなんですよ。たまに足を運びます。もう御雛様はあるので、買う予定はないのですが、展示してある御雛様を見るのは好きです。晴れやかな中にも、どこかもの哀しい御雛様を見ているだけで、幽玄の世界に誘われる気分になるせいでしょうか。

岩槻には雛人形やその他の人形の資料があって、知的好奇心もそそられます。

どうして人間は、人の形。人形なんて作り出したのか。

そこに込められたそれぞれの想いとは。

考えているだけで、また何か人形話を書きたいと刺激されてしまうんですよね。

どちらかというと、人形はぬいぐるみの方が好きです。丸くって、大きくて、ふわっとした感じのぬいぐるみが好み。

それぞれに名前をつけたぬいぐるみが、部屋中に溢《あふ》れてるような状態は昔から。

どうも私は、犬猫とか、ぬいぐるみとかの、人間以外のものが好きなようで。まだまだ幼児性が抜けてないせいかな。

今、マイベストなのは、蛙のぬいぐるみで口が裏から手を入れて動かせる、腹話術で使えるようなやつです。

一人でよく、いっこく堂ごっこして遊んでます。えっ、想像したらそれはそれで不気味なものがあるですって。

確かに…それは言えてるかもしれないけど、一度ぜひお見せしたいもんです。

蛙のゴリちゃんが歌う、蛙の歌…。


イラストお願いいたしました、須賀邦彦《すがくにひこ》様。

雑誌掲載時よりの麗しいイラスト、ありがとうございました。

キャラ編集部の三枝様。いつもお世話になっております。今回もありがとうございました。

そして読者の皆様。

あなたの雛人形の思い出など、この本の感想と一緒に、編集部宛で結構ですから、お寄せいただけたなら幸いです。

剛　しいら拝

この本を読んでのご意見、ご感想を編集部までお寄せください。

《あて先》〒105－8055 東京都港区東新橋1－1－16 徳間書店 キャラ編集部気付
「剛しいら先生」「須賀邦彦先生」係

■初出一覧

雛供養……Chara Selection（2001年3月号）
加筆修正して書き下ろしました。

Chara

雛供養

【キャラ文庫】

2002年4月30日　初刷

著者　剛しいら
発行者　市川英子
発行所　株式会社徳間書店
〒105-8055 東京都港区東新橋1-1-16
電話03-3573-0111（大代表）
振替00140-0-44392

印刷・製本　図書印刷株式会社
カバー・口絵　真生印刷株式会社
デザイン　海老原秀幸
編集協力　三枝あ希子

ISBN4-19-900223-5

投稿小説★大募集

『楽しい』『感動的な』『心に残る』『新しい』小説——

みなさんが本当に読みたいと思っているのは、どんな物語ですか？　みずみずしい感覚の小説をお待ちしています！

•応募きまり•

[応募資格]

商業誌に未発表のオリジナル作品であれば、制限はありません。他社でデビューしている方でもOKです。

[枚数／書式]

20字×20行で50～100枚程度。手書きは不可です。原稿はすべて縦書きにして下さい。また、800字前後の粗筋をつけて下さい。

[注意]

①原稿の各ページには通し番号を入れ、次の事柄を１枚目に明記して下さい。（作品タイトル、総枚数、ペンネーム、本名、住所、電話番号、職業、年齢、投稿・受賞歴）
②原稿は返却しませんので、必要な方はコピーをとって下さい。
③締め切りは特別に定めません。面白い作品ができあがった時に、ご応募下さい。
④採用の方のみ、原稿到着から３カ月以内に編集部から連絡させていただきます。また、有望な方には編集部からの講評をお送りします。
⑤選考についての電話でのお問い合わせは受け付けできませんので、ご遠慮下さい。

[あて先]

〒105-8055 東京都港区東新橋1-1-16
徳間書店 Chara編集部 投稿小説係

投稿イラスト★大募集

キャラ文庫を読んで、イメージが浮かんだシーンをイラストにしてお送り下さい。キャラ文庫、『Chara』『Chara Selection』『小説Chara』などで活躍してみませんか？

•応募きまり•

[応募資格]

応募資格はいっさい問いません。マンガ家&イラストレーターとしてデビューしている方でもOKです。

[枚数／内容]

①イラストの対象となる小説は『キャラ文庫』か『Chara、Chara Selection、小説Charaにこれまで掲載された小説』に限ります。既存のイラストの模写ではなくオリジナルなイメージで仕上げて下さい。
②カラーイラスト1点、モノクロイラスト3点の合計4点。カラーは作品全体のイメージを。モノクロは背景やキャラクターの動きの分かるシーンを選ぶこと（裏にそのシーンのページ数を明記）。
③用紙サイズはA4以内。使用画材は自由。

[注意]

①カラーイラストの裏に、次の内容を明記して下さい。（小説タイトル、ペンネーム、本名、住所、電話番号、職業、年齢、投稿・受賞歴、返却の要・不要）
②原稿返却希望の方は、切手を貼った返却用封筒を同封して下さい。封筒のない原稿は編集部で処分します。返却は応募から1カ月以内。
③締め切りは特別に定めません。採用の方のみ、編集部から連絡させていただきます。選考結果の電話でのお問い合わせはご遠慮下さい。

[あて先]

〒105-8055 東京都港区東新橋1-1-16
徳間書店 Chara編集部 イラスト募集係

好評発売中

剛しいらの本【このままでいさせて】

イラスト◆藤崎一也

SHIIRA GOH PRESENTS
このままでいさせて
剛しいら
イラスト◆藤崎一也
抱かれた肌の熱さを知った
14歳のはじめての夜――
キャラ文庫

「お願い、僕を助けて」。売れない俳優・晃《あきら》の前に、突然現れた中学生の滴《しずく》。どうやら訳ありの家出少年は、かつての憧れの特撮ヒーローに救いを求めに来たらしい。すがる瞳を拒めずに、なし崩しに同居を始めた晃は、一途に慕ってくる滴の笑顔に、失いかけた仕事への情熱《プライド》を取り戻してゆく。誰にも邪魔されない日々の中で、やがて二人は惹かれ合い…!?　イノセント・ロマンス。